作文教室
－系列－

實用文

我要寫好

中華教育

作文教室系列

我要寫好實用文

主編：中華教育
裝幀設計：立青
印務：劉漢舉、林佳年

主編
中華教育

出版
中華教育
香港北角英皇道499號北角工業大廈1樓B
電話：(852) 2137 2338　　傳真：(852) 2713 8202
電子郵件：info@chunghwabook.com.hk
網址：http://www.chunghwabook.com.hk

發行
香港聯合書刊物流有限公司
香港新界荃灣德士古道220至248號
荃灣工業中心16樓
電話：(852) 2150 2100　　傳真：(852) 2407 3062
電子郵件：info@suplogistics.com.hk

版次
2007年9月初版
2023年6月第16次印刷
© 2007 2023 中華教育

規格
16開 (210mm x 148mm)

ISBN
978-962-8930-51-7

目錄

序一
快樂的《作文教室》

小學生苦着臉說：「作文很難學啊！」

中文老師皺着眉說：「作文真難教啊！」

家長一臉無助地說：「我的孩子就是沒有寫作天份！」

在不同的閱讀和寫作講座上，不論小學生、老師或家長都不約而同地認為作文很難學，要學得好，就更加難上加難！小讀者常常問我：「你是如何寫作的？」

我笑着說：「要快快樂樂地寫啊！」

是的，寫作是一件很快樂的事情，那怕是寫一件悲傷的事件，只要能觸動讀者的心靈，寫的人和看的人一樣感到快樂，是一次愉快的情感交流，思想的共鳴。

寫作的基本功是大量閱讀、廣泛閱讀，還要涉獵不同體裁和風格的文章，吸取各種新知識。只要愛上閱讀，便有寫作的衝動，很自然地拿起筆來，把自己的思想和感情抒發出來，與別人分享。分享是寫作的最大樂趣。

但是，要作文寫得好，也要下點苦功，掌握不同文章體裁的技巧，才會寫出來得心應手，嚐到成功的喜悅。

目前，坊間的「作文好幫手」多得很，它們大都來自中國大陸或台灣，香港本土的作品很缺乏。因此，十分感謝中華書局，給我們開闢了四個《作文教室》，分別是記敘文、描寫文、實用文和創意寫作，共有123篇小作者的習作。他們的作文老師功力深厚，從「點評」中，讓我也學到不少寫作的「秘訣」。我深信小學生也會像我一樣，急不及待地要進入這四個《作文教室》，把作文學好。

好吧，就讓我們一起走進《作文教室》，快快樂樂地學好作文，好嗎？

嚴吳嬋霞

嚴吳嬋霞

獲獎兒童文學作家及資深出版人
香港親子閱讀書會會長
香港書展「兒童天地」主席
香港兒童文藝協會名譽會長
香港拔萃男書院（小學部）課程發展顧問
浸信會沙田圍呂明才小學兒童文學顧問

序二

人與人的溝通，通常需要用說話和文字去表達，所以要達到「善於溝通」的目的，文字的表達能力是十分重要的。在本港，兩文三語的溝通能力更是學生的主要學習目標。

中文科是本港核心課程中的主要科目之一，因為通過學習中文科，學生能掌握中文的聽、說、讀和寫的能力。

以前，當我還是小學教師的時候，批改學生作文是一樁苦事。他們常犯的錯誤，包括文不對題、內容空泛、錯別字連篇或文句欠通順等；而學生作文最大的缺點就是內容空泛、言之無物、味同嚼蠟。究其原因，是因為他們腦海裏可以寫的東西極為貧乏，那麼，就算他們怎樣搜索枯腸，也不能寫出一篇像樣的文章。

其實，學生要懂得運用文字溝通和表情達意（寫作），首先，他們一定要多聆聽、多閱讀、多觀察、多欣賞，這樣，他們腦海裏便自然有大量可以寫或可以表達的內容；其次，把握寫作方法、寫作技巧，多寫作、多發表，以上寫作的缺點便會逐漸減少；最後便可以達到文字上「善於溝通」的目標。

《作文教室》是中華書局一套給小學生閱讀和參考的書籍，它不但搜羅了不少小學生佳作，而且每篇作品都附有「設題背景」、「寫作練習背景」、「點評與批改」、「總評及寫作建議」、「詞彙百寶箱」、「精句收集屋」和「寫作練習坊」。在閱讀每篇作品的時候，讀者可以了解小作者寫作的背景、寫作方法和寫作技巧、優點、缺點……所以它不僅是小學生一套上佳的寫作參考書籍，也是一套值得閱讀的書籍，更是一套可以自學的工具。希望讀者們多看多寫，那麼，寫作便是一件樂事了。

張志鴻

香港資助小學校長會主席
油蔴地天主教小學（海泓道）校長

① 週記一則——
媽媽不在家的日子

學校：協恩中學附屬小學
年級：小五
作者：林海欣
批改者：本校老師

？ 設題背景

　　父母愛護子女，有時難免會過於嘮叨，為人子女應該嘗試從父母的角度來了解，父母對自己的管束原是出於愛的表現。本題目透過一則週記，讓學生記述媽媽不在家的一星期中所感受到的從討厭媽媽到了解媽媽苦心的情感變化歷程。

寫作練習背景

1. 利用人物說話內容引出下文，不但生動活潑，而且能引起戲劇效果，吸引讀者的好奇心。

2. 運用人物說話內容描寫人物形象。即使媽媽並未在文中出現，但從媽媽的話中已顯現出她的威嚴形象。

3. 週記是實用文之中比較容易學習和處理的體裁，而一篇令人印象深刻的週記應避免流水賬式的敍述，因此，採用戲劇化的手法，帶出清晰的主線，將人物前後的感情和心理變化展現出來，讀來令人印象深刻。

 習作正文

七月十三日至七月十七日

　　這星期是學校假期，但我最開心的是可以暫時逃離媽媽的「魔掌」，真正擁有數天的「假期」。

　　「喂！起牀啦！不然你就會遲到啦！」「吃快點！你還有功課沒做！」「怎麼會這麼早就睡了？你還要溫書的！」這些話就像被錄進錄音機似的，一年三百六十五日在我耳邊播放，不停地播放、播放、播放⋯⋯我受夠了！媽媽，你真討厭！

　　我那麼討厭媽媽是有理由的——是非常充分的理由！第一，當我做家課時，她總是吹毛求疵，不是說我不認真做，就是說我寫的字歪歪斜斜；第二，她從不允許我看電視。每當同學談論起某某電視節目怎樣精彩時，我只有「噢！」的份兒；第三，如果我在學校的測驗中犯了一些不小心的錯誤時，她就

 點評與批改

● 週記的開始格式正確。

● 以媽媽的話開展文章，並分點說出討厭媽媽的原因，充滿童真，表達也見清晰。

會把我罵得狗血淋頭，說我沒有好
好地溫習（我當然有溫習的，是她
在胡扯）。我總是覺得媽媽的嗜好
就是每當我在學業成績方面稍為退
步，她就會借題發揮，把我大罵一
頓。

　　我每天就是生活在這樣的環境
裏，直至星期一⋯⋯「海欣，外婆
生病了，我和爸爸明天要回鄉探望
外婆，過幾天才會回來，我晚上會
打電話回來的。記住：不准看電
視，只可以溫書。你要記得下星期
就是學校的考試。這裏有一些錢，
足夠你吃飯的了，你好自為之
吧！」媽媽說。天啊，這真是一個
好消息！「我又怎會浪費這個大好
機會來溫書呢？早上看電視，下午
玩電腦遊戲，晚上就⋯⋯」我心裏
暗暗地盤算着。

記述爸媽因為要回鄉探望生病的外婆，小作者獲得數天自由的時間，所以在盤算着怎樣利用這難得的自由機會。以媽媽的話，塑造出媽媽的威嚴形象，突顯媽媽離家後，小作者感到特別高興的情緒。

星期二——令我振奮的日子終於來臨了！當我目睹爸媽乘升降機離開後，就呼了一口氣，隨即展開我的計劃……我按下電視機的開關掣，一股興奮的感覺湧上心頭。但當我看了三小時電視後，覺得十分沈悶，便去玩電腦遊戲。玩了一小時後，頭便劇痛起來，像快要爆炸了，於是我睡覺去了。在回睡房途中，腳步浮浮的，身體有點不舒服，難道着涼了？唉，真倒霉！玩不成電腦遊戲了，連飯也吃不下。這時想起每次生病的時候，媽媽總會在身邊照顧我、安慰我，我十分掛念她！

一覺醒來，窗外漆黑一片，原來已經是八時了。幸好已恢復體力，但也沒有心情再玩，所以我就溫習去。當我翻開課本時，就發現有很多地方不明白。唉！只能怪自己上課時沒留心聽老師講解。這些難題，把我弄得頭昏腦脹，真可憐！「沒有媽媽指導我溫習，那怎麼辦呢？看來我這次考試是沒有希

● 寫出爸媽離家後發生的事情和感受。文章寫來有條理，感情細膩。

望的了。」我想。

就在這時，電話響起了，「鈴……鈴……」會是媽媽嗎？我趕緊拿起聽筒，果真是媽媽！我把所有的疑問一一向媽媽問清楚。放下聽筒後，疑難全消了，謝謝媽媽！我重新充滿幹勁地溫習。大概到了晚上十時許，我躺在牀上，心裏想着：原來媽媽平時嘮嘮叨叨的，只是因為關心我，希望我學好，並不是存心管制我。想到這裏，我不禁慚愧起來。不知是在甚麼時候，我睡着了。

星期三和星期四的早上，我沒有看電視，只是埋頭溫習；到了下午，我也沒有玩電腦遊戲，繼續沈浸在書海中。

到了星期五晚上，我已經把書本的內容啃得滾瓜爛熟了，然後把屋子清潔一番。就在這時，「叮噹！叮噹！」門鈴響起了，啊，媽媽回來了！她看見我在清潔地板，就問我：「你溫習完了嗎？」我回

答：「溫習完了。」她好像不太相信我，便隨手拿起書本，問一些考試可能會出的問題，幸好我能一一回答（當然全部都對）。她一臉驚訝，大概是想不到我已經把課文溫習得那麼熟吧。

睡覺前，媽媽溫柔地稱讚我：「你這幾天很乖，把書本溫習得那麼熟。即使你在考試裏取得的成績不是太理想，我也不會責備你的：因為我知道你已盡力溫習了。」那是我生平第一次被媽媽稱讚，很開心啊！

現在我不再討厭媽媽了，還答應她會做一個乖巧的孩子。雖然她問了我很多遍為何有這樣的轉變，但我也沒有告訴她這幾天發生的事情，那是一個永遠的秘密呢！

● 經過反省後，小作者明白了媽媽的苦心，繼而自動自覺溫習。後來更得到媽媽的稱讚，小作者愉快的感覺躍然紙上。

● 末段能回應首段：由討厭媽媽至主動答應她做一個乖巧的孩子，結構緊密。

總評及寫作建議

這篇文章以說話形式開始，內容充滿了戲劇效果，因子女跟媽媽的關係理應是和諧親密的，何故小作者這樣討厭自己的媽媽？這點引起了讀者的好奇。接着，小作者「合情合理」地指出她不喜愛媽媽的原因，那些原因雖然看起來並不成熟，但卻能引起同輩的共鳴，讓它們變得言之成理。

突然，小作者有一個擺脫媽媽的好機會，本來是天大的喜訊，但卻出現了意想不到的發展。過程中，小作者不但能夠多了解自己，更明白了媽媽的苦心。這個領悟對小作者來說比在考試中取得好成績更可喜可賀。相信很多同學跟父母相處時，也可能跟作者一樣誤解了媽媽的苦心，寫作這篇文章正可給同學們一個反思的好機會。總的來說，這篇文章能集中說明小作者和媽媽關係的改變，起承轉合，主線清晰，脈絡分明，實屬佳作。

詞彙百寶箱

吹毛求疵	充分的	乖巧	秘密	擁有
沈浸	驚訝	嘮嘮叨叨	頭昏腦脹	湧上心頭
歪歪斜斜	狗血淋頭	滾瓜爛熟	稱讚	幹勁

精句收集屋

- 原來媽媽平時嘮嘮叨叨的，只是因為關心我，希望我學好。

- 我按下電視機的開關掣，一股興奮的感覺湧上心頭。

- 現在我不再討厭媽媽了，還答應她會做一個乖巧的孩子。

寫作練習坊

1. 姐姐的記憶力非常好，一會兒就把課文背得 ＿＿＿＿＿＿＿＿

　　了。

2. 家明 又勤力又 ＿＿＿＿＿＿＿＿＿　，難怪老師常常

　　＿＿＿＿＿＿＿＿ 他。

② 日記一則——倒霉的生日

學校：協恩中學附屬小學
年級：小六
作者：龐希平
批改者：本校老師

？ 設題背景

　　人生不如意的事十常八九，學生在成長的過程中往往會碰到大大小小的挫折，從挫折和困難中汲取經驗，在逆境中自強，能提升抗挫能力。本題目讓學生以日記記述生日當天發生在自己身上的倒霉事，藉以帶出成長是要經得起磨練的題旨。

✏ 寫作練習背景

1. 開門見山，點明題意，在文章第一段交代題目，讓下文接二連三的倒霉事件產生強烈的對比效果。

2. 運用層遞手法，把倒霉事件順序地記述，突出事情一件比一件糟糕，不但加深文章的前後對比，而且令人印象深刻。

3. 日記是較實用的文體，學生除了要掌握文體的格式，以及清晰記載事情的脈絡外，還可以抒發小作者的感受。寫作日記時如能借題抒發個人的體會，更能扣人心弦。

 習作正文

 點評與批改

三月二十日　　　　　　星期一　晴

　　大清早，我已起牀了，因為這是我的大日子——十一歲生辰。梳洗過後，我懷着興奮的心情，背着書包走出家門上學去。

　　怎料，剛到電梯口，便看見一隻很大的狗，我最害怕的動物就是狗！只好等待下一部電梯，因為我不想和那隻狗在電梯共處任何一分鐘。可是，不知道是甚麼原因，第二部電梯突然壞了！我看看手錶，距離學校的上課時間還有十五分鐘，只得立刻走到樓梯口，用我最快的速度往下跑，真是累透了。最無奈的就是我住在三十樓！

　　到達電梯大堂，我喘着氣。忽然，我感到腳下有一些物體，連忙看看，發現那竟然是狗糞！我想一定是剛才那隻狗留下的。雖然很臭，但卻沒有時間清理了，因為我必須在五分鐘內跑抵學校！

● 日記開始格式正確。

● 點題清晰，以興奮的心情開展文章，與下文所述之倒霉作強烈的對比。

● 承接第一段作敘述——倒霉事件接二連三地出現。小作者以狗為剋星作倒霉的序幕，能擅用轉折，帶出主題，行文順暢。

● 小作者再一次碰上倒霉的事，但礙於時間緊迫，只得無可奈何地繼續上路，突顯小作者對守時的執着。

剛抵達學校，看看牆上的掛鐘，遲到了三分鐘，我在門口猶豫了一會兒，最後還是硬着頭皮進入課室。走進課室，同學們都不約而同地用奇異的眼光看着我，我還給老師當眾責備了一頓，真丟臉！

然而，另一件不如意的事情又發生了！上中文課時突然停電，剛巧是我們那一組負責介紹課文，我們因此不能展示簡報，白白浪費了課前一番的準備工夫！

接着就是英文課，走進課室，發現同學們都拿着英文課本溫習，我恍然記起今天要默書！唉……我這次的默書成績一定是……盡最後的努力，死啃默書的課文，希望有奇跡出現。誰知老師今天的工作效率奇高，即日便把默書批改完畢，發還給我們；她帶着一副失望的表情，對我說：「你這次的成績大大退步了，下次必須努力點啊！」我拿着默書一看，剛剛五十九分，難逃不合格的厄運！天啊，為甚麼不

● 小作者遲到了三分鐘，十分失落，仍硬着頭皮進入課室，可惜只惹來同學的奇異目光和老師的責備，以層遞的手法帶出另一個倒霉的深淵。

● 倒霉的深淵之下，小作者先加入一首小插曲——「停電小風波」，然後再推出一個「忘記英文默書」的大災難，把倒霉的感覺狠狠地帶到巔峯。

多給我一分作為生日禮物？

不久，午膳時間到了，等了很久，菲傭姐姐還沒有把飯盒送到學校，她準是忘記了！就是這樣，我足足餓了一整個下午！

「鈴……」終於放學了。回到家裏，由於默書成績不及格，被爸爸媽媽責備了一頓！而最大的損失還是沒收了生日蛋糕和禮物，真掃興！

● 「英文默書不及格」準會帶來不幸的結局——「沒收了生日蛋糕和禮物」，可是小作者仍不放過一點兒倒霉的敍述，就是又加插一個可有可無的捱餓經歷，可說是文章的敗筆，予人畫蛇添足的感覺。

雖然今天不如意的事情接二連三地發生，但畢竟是我的十一歲生辰。俗語有云：「經一事，長一智。」在十一歲生日經歷了這麼多事情，即使是何等倒霉，我仍然感到自己真正成長了！

● 小作者以「經一事，長一智」這句諺語帶出人生不如意的事十常八九的信息，我們應從事情中汲取經驗。小作者藉此勸勉人們遇到困境時不應自怨自艾，怨天尤人，指出真正的成長是要經得起磨練的中心思想並以此作結，切合逆境自強的道理。如果能在末段以「盼望明年的生日再度來臨」作結，將更能表達小作者的徹悟：成長須付出代價，人生是充滿盼望和希冀的。

 總評及寫作建議

全篇以實用文——日記形式，順序記述生日當天所遇到的倒霉事件。小作者自清早起來，便滿心歡喜地迎接自己的生日，最後落得敗興而回。文中一件又一件不如意的事情，小作者都安排得清晰利落，條理分明，而且行文順暢，緊扣着主題，值得讚賞；最後以「經一事，長一智」作結，啟發人們遇事要經得起挫折，面對逆境不可輕易放棄的道理。小作者能一語道出時下年青人的通病，藉着一連串的倒霉事，悟出逆境自強的道理，能發人深省。

惟小作者在佈局謀篇方面，除了首段佈下一個對比事例之外，其後各段都鋪排了連綿不斷的大小風波，雖則可以緊扣文章主題，但似乎過於一面倒：難道小作者身邊無一良師益友，為小作者疏導情緒嗎？如果在小作者身陷困境之際，能得到良朋的安慰或至親的體諒，那麼，文章內容將更合乎情理。

學生寫作實用文通常能掌握文體的格式，具體而順暢地記述事情的重點，把事情扼要地記敘出來。然而，日記可貴的不在於記載事情的脈絡清晰，而在乎抒發小作者的內心感受。日記倘能借題抒發不為人知之體會，將更能扣人心弦，讓讀者另有一番領悟。

 詞彙百寶箱

懷着	興奮的	不約而同	無奈	猶豫
硬着頭皮	奇異的	恍然	責備	奇跡
失望	厄運	接二連三	倒霉	彷彿

 精句收集屋

● 經一事，長一智。（諺語）

● 我在門口猶豫了一會兒，最後還是硬着頭皮進入課室。

● 走進課室，同學們都不約而同地用奇異的眼光看着我。

 寫作練習坊

1. 我不小心弄壞了爸爸的電腦，最後我 ＿＿＿＿＿＿＿＿ 向爸爸道歉。

2. 上學途中，街上的行人紛紛用 ＿＿＿＿＿＿＿＿ 眼光看着我，原來我是穿着拖鞋去上學！

3 週記——百感交集的一週

> 學校：油蔴地天主教小學
> 年級：小五
> 作者：周嘉倩
> 批改者：高婉雅老師

？ 設題背景

　　寫週記既能記敍一週的事件，又能抒發感受，是同學學習寫作的實用文體。本題目讓同學以週記的形式，記敍一週內令自己感受最深的事情，表達自己對事情的看法和感受。

✎ 寫作練習背景

1. 按順序法記敍自己一週內的兩件事情。選擇令自己感受最深的事件為寫作素材，令文章充滿個人色彩。

2. 運用「對比」的寫作方法，使小作者的感受在文章中產生強烈的對比。

3. 構思條理，文章結構完整，主題分明，脈絡清晰，讓人對文章留下深刻的印象。在記事之餘，抒發感情，引導讀者作深入的思考。

十一月十三日至十八日

　　考試的日期愈來愈接近，因為上、下學期的考試成績會影響我們的選校結果，所以大家都很緊張。

　　星期五，常識科的陳主任對我們說：「星期一，我會收回實驗報告和實驗品。」這番話令我和組員都非常緊張，因為大家暫時都沒有辦法完成實驗。我們個個像剛經歷了挫敗的雄獅那樣，垂頭喪氣的。終於，經過一番努力，我們成功了，大家都禁不住歡呼起來，原來很多事要經過失敗和挫折，不斷嘗試，才能成功的。

　　星期六，我第一次跟爸爸媽媽一起去欣賞一個大型的音樂會，音樂會在香港文化中心舉行，雖然以往我也曾在香港文化中心參與文藝節目的演出，但這麼大型的音樂會，我還是初次欣賞。會場大廳座無虛席，音樂會開始了，全場鴉雀

● 週記的開始格式正確。

● 文章開首立即點出緊張的氣氛，帶出了下文。

● 寫小組實驗初時經歷了挫敗，後來終於成功，前後對比強烈。

● 如何成功的？應該寫出過程，讓讀者明白，文章才有說服力。

● 實驗成功的歡快為下文輕鬆的音樂會作好鋪墊，而音樂會的輕鬆反襯昨天的緊張，令小作者的心情變化強烈地表現出來。

無聲，柔和的音樂深深吸引着每一位聽眾。美妙的旋律及熟練的演奏技巧換來全場觀眾熱烈的掌聲，令我非常難忘。

面對考試，過分緊張會弄巧反拙，但同樣不可以過分輕鬆，所以我要珍惜光陰，好好把握時間溫習功課，期望獲取良好的成績。

這一週，我既緊張，又輕鬆；既憂愁又有喜悅，真是百感交集的一週啊！

● 兩天的事情，兩樣的心情，小作者深深體會到當中的情緒變化，與開首呼應。

總評及寫作建議

從小作者的週記中，可見其忙碌而充實的學習生活，然而小作者並非流水賬般地逐一記述，而是選取一週中感受最深的兩件事加以敍述，主題鮮明突出。此外本週記結構完整，有開首和收結，且都能呼應主題──「百感交集的一週」。

 詞彙百寶箱

弄巧反拙	百感交集	緊張	挫敗	鴉雀無聲
垂頭喪氣	禁不住	歡呼	嘗試	憂愁　珍惜
座無虛席	美妙的	演奏	熱烈	輕鬆

 精句收集屋

- 原來很多事要經過失敗和挫折，不斷嘗試才能成功。

- 音樂會開始了，全場鴉雀無聲，柔和的音樂深深吸引着每一位聽眾。

- 我要珍惜光陰，好好把握時間溫習功課，期望獲取良好的成績。

 寫作練習坊

1. 陳老師剛踏進課室，全班同學頓時 ＿＿＿＿＿＿＿＿ 。

2. 小美在台上精彩的 ＿＿＿＿＿＿＿＿＿ ，換來觀眾的

　　＿＿＿＿＿＿＿＿ 掌聲。

4 給聖誕老人的一封信

學校：油蔴地天主教小學
年級：小五
作者：張韞寧
批改者：劉建敏老師

 設題背景

　　相信每個小學生都期待聖誕老人的現身，渴望見到他，本題目藉着書信寫作，讓同學記述和抒發個人對聖誕老人的盼望，表達自己對聖誕節的感受和期盼。

✏️ 寫作練習背景

1. 在書信首段直接寫出寫信的目的和心情。

2. 將往年和今年聖誕節的心情鋪敍出來，令小作者對聖誕老人的渴望和期盼更深刻。

3. 書信寫作是同學經常學習和處理的體裁，除了要注意格式外，還能夠在記事和描寫之餘，抒發個人感情，令文章顯得情真意切，讀來誠懇感人。

 習作正文

慈祥的聖誕老人：

　　您好嗎？今年的聖誕節快到了，我懷着興奮的心情寫信給您。

 點評與批改

● 書信上款格式恰當。

● 首段説出寫信的目的和心情。

　　我還記得往年，在平安夜的晚上，您在孩子們睡得正香的時候，把聖誕禮物放在聖誕樹下和紅襪子裏。第二天早晨，孩子們便高高興興地收到了您的禮物，使整個聖誕節都充滿了熱鬧的氣氛。雖然我沒有見過真正的您，但是我早已在圖書裏認識了您，非常渴望您會親手把聖誕禮物送給我。

● 正文回憶往年平安夜，小作者跟其他孩子一樣渴望聖誕老人到來，字裏行間充滿期待與愉快的氣氛。

　　在今年的聖誕節，我們一家又會舉行聖誕派對，為了增加熱鬧的氣氛，我還會扮演聖誕老人，親自做蛋糕、曲奇餅、小點心、布丁……很多很多美味的食物。

● 今年聖誕節，小作者仍然期待聖誕老人的到來，並準備了豐富的聖誕大餐，誠意邀請他到小作者的家，可見小作者對聖誕老人的盼望。

　　希望在普天同慶的平安夜裏，您會來我們家，放下我最喜歡的圖書，並品嚐一下我親手做的點心，享受一下平安夜的寧靜，體會我對您期盼的心情。

　　祝
聖誕快樂！

　　　　朋友
　　　　韞寧　敬上
　　　　十一月十四日

● 書信下款格式恰當。

 總評及寫作建議

　　這篇文章的主題鮮明突出，文句通順，亦符合書信格式的要求。信中充滿了作者對聖誕老人的思念和憧憬。「品嚐一下我親手做的點心，享受一下平安夜的寧靜和景色」這句子中，流露出小作者渴望見到聖誕老人的真摯情感。

 詞彙百寶箱

慈祥	熱鬧	扮演	享受	興奮	派對
氣氛	普天同慶	心情	高高興興	舉行	
寧靜	增加	渴望	禮物	體會	

 精句收集屋

- 品嚐一下我親手做的點心，享受一下平安夜的寧靜和景色。
- 您在孩子們睡得正香的時候，把聖誕禮物放在聖誕樹下和紅襪子裏。
- 我懷着興奮的心情寫信給您。

寫作練習坊

1. 星期天，我們到長者中心做義工，我負責 ＿＿＿＿＿＿＿＿ 聖誕
   老人，其他同學負責派 ＿＿＿＿＿＿＿＿ 給長者。

2. 在畢業 ＿＿＿＿＿＿＿＿ 中，<u>小華</u>幸運地抽中了大獎，令他一整
   天都感到非常 ＿＿＿＿＿＿＿＿ 。

⑤ 日記——倒霉的一天

學校：油蔴地天主教小學
年級：小五
作者：魏臻理
批改者：嚴靜慧老師

？ 設題背景

　　生活是多姿多彩的，有喜有憂，有幸運時、也有倒霉時。擬此題讓小學生從生活中的多樣性中抒發成長的感受，增強抗挫能力。

✎ 寫作練習背景

1. 按順序法記敘自己一天的經過，選擇日常生活中常遇的事情為寫作題材。

2. 運用貼切的比喻，增強可讀性。

3. 日記是小學低年級、中年級的學生經常學習和處理的實用文體裁，重要的是要讓人對文章留下深刻的印象。能夠在記事之餘，而夾以生動活潑、細膩傳神的描寫和抒情述懷的文句和片段，往往令人回味不已。

十一月二十四日　　　星期五　晴朗

● 日記開始格式正確。

　　今天下午，我和家人一起乘搭計程車到尖沙咀吃午飯。下車時，我無意中踩到一些東西，低頭一看，原來是噁心的狗糞。想不到，更倒霉的事還在後面呢。

● 開門見山，首段即點明題旨，帶出下文連串倒霉的事情。

　　我和家人吃過午飯後便去購物，我們隨意地逛，突然有一輛手推車，像一匹正在奔馳的馬一樣，向着我們衝過來，由於我閃避不了，被它撞個正着。

● 運用簡短的文句和生動的比喻，記述發生在自己身上的倒霉的事情。

　　我的腳痛得很厲害，媽媽扶着我去看醫生，可是到了醫務所，眼見人山人海，擠滿了等候的病人，結果輪候了接近三小時。醫生說：「撞傷了，暫時不要運動，還要好好休息。」

● 看醫生也要輪候三小時，真是倒霉透了，實在令人同情。

　　今天真是倒霉，一連串不幸的事都被我碰到了，希望這些事情不要再發生在我的身上。

● 運用日常生活中常遇到的倒霉事情，令讀者產生共鳴。

總評及寫作建議

　　從小作者的日記中，可見他那天的確很倒霉，然而小作者仍能以寫實的文字，活潑生動地寫出當天的不幸，引起讀者的共鳴。此外，小作者還能運用貼切的比喻，使文章增彩。只是此篇日記內容較單調，沒有引申出更深一層的內心感受和領悟。

詞彙百寶箱

乘搭	噁心的	倒霉	隨意地	奔馳	暫時
閃避	厲害	人山人海	擠滿	輪候	
休息	不幸	一連串	購物	希望	

精句收集屋

- 像一匹正在奔馳的馬一樣，向着我們衝過來。
- 到了醫務所，眼見人山人海，擠滿了等候的病人。
- 想不到，令我更倒霉的事還在後面呢。

寫作練習坊

1. 我和小玲打算到沙田中心去 ＿＿＿＿＿＿＿＿，當我們抵達後，

   只見 ＿＿＿＿＿＿＿＿，商場都 ＿＿＿＿＿＿＿＿ 了人。

2. 祖母因為身體不好，需要 ＿＿＿＿＿＿＿＿ 一段時間，所以

   ＿＿＿＿＿＿＿＿ 不能照顧我了。

6 寫給趙詠賢的信

> 學校：油蔴地天主教小學（海泓道）
> 年級：小三
> 作者：司徒樂妍
> 批改者：黃秀華老師

? 設題背景

　　當同學們都把焦點集中在冠軍得主時，一些未能取得冠軍的運動員也值得同學們欣賞和鼓勵。同學藉着本題目，不但可以學習記述自己所敬佩的人物的事跡，而且表達自己對他們的欣賞和鼓勵。

✎ 寫作練習背景

1. 學習應用書信體裁。書信寫作之中，首段必須向對方問好，以示親切。

2. 培訓抒情寫作技巧。能夠在記述人物事跡之餘，以簡潔的文筆抒發情懷，字裏行間流露出令人鼓舞的力量。

 習作正文

 點評與批改

敬愛的趙詠賢：

　　你好嗎？你近來練習時辛苦嗎？

　　得知你在亞運會的壁球項目中取得銀牌，我們都為你高興！我很欣賞你永不放棄、不驕傲的精神。雖然你未能繼釜山亞運會後再一次奪得金牌，但是你仍然不氣餒，努力地打球，以爭取更高的世界排名。希望你繼續努力，在更多大型的壁球比賽中勝出，為港人爭光。

　　祝你
身體健康！

　　　　　　　一個敬愛你的小學生
　　　　　　　　司徒樂妍　敬上
　　　　　　　二零零七年一月八日

- 書信格式中的稱謂語表達恰當。
- 首段向趙詠賢問好。

- 小作者用了「不放棄」、「不驕傲」、「不氣餒」等字詞，雖然未見精練，但卻能具體道出運動員努力不懈的精神。

- 書信格式中的祝頌語、自稱、署名、日期表達恰當。

 **總評及寫作建議**

文章的文筆流暢，內容有條理，佈局緊扣主題，真實記述人物的表現，所描寫的是小作者親耳聽到的事情，因而推動了對運動員的期望。

正文除了列出運動員的成就，也指出其努力不懈的精神值得我們學習，使文章充滿鼓舞的情緒。

若能在文中充實內容，則可把運動員刻苦鍛煉的精神，勾畫得更清晰，表現生動的文風，則能引起讀者的共鳴。

 **詞彙百寶箱**

壁球	永不放棄	奪得	氣餒	高興
練習	金牌	努力	驕傲	希望
精神	爭光	爭取	比賽	繼續

 **精句收集屋**

- 我很欣賞你永不放棄、不驕傲的精神。
- 希望你繼續努力，在更多大型的比賽中勝出，為國爭光。

寫作練習坊

1. <u>小光</u>數學成績不好，老師鼓勵他不要 _____，應該
_____ 努力，才能取得好成績。

2. 今天我們參加足球 _____，最後 _____
了冠軍，大家都很 _____。

寫給李婭的信

學校：油蔴地天主教小學（海泓道）
年級：小三
作者：徐穎洵
批改者：梁紫凝老師

 設題背景

　　同學在成長的過程中，往往會對一些人物、明星等心生仰慕，從這些人物身上或多或少可以對他們有所啟發。擬定本題目讓學生以書信體表述個人對體育運動員的看法，以及表達自己對運動員永不言敗的精神的讚揚。

　　寫作練習背景

1. 學習運用書信體裁，培訓以情入事的寫作技巧。

2. 書信寫作是小學低年級、中年級的同學較容易處理的體裁，訓練同學能在短短數行文字中點明題旨、引用具體事例，讓人對文章產生深刻的印象的寫作能力。

敬愛的<u>李婭</u>：

　　你最近好嗎？

　　我得知你在各項比賽中發揮完美，為中國拿了不少獎牌，真了不起啊！

　　你在體操世界盃中取得了冠軍，真令人敬佩啊！最欣賞你的「李婭空翻」、高低槓和跳馬，我要學習你永不言敗的精神。我希望你為<u>中國</u>爭光。

　　祝你
身體健康！

　　　　　　　　一個崇拜你的小學生
　　　　　　　　<u>徐穎淘</u>
　　　　　　　　一月八日

- 書信格式中的稱謂語表達恰當。
- 首段向<u>李婭</u>問好。

- 説出自己關注所敬佩的體操運動員在體壇上的成就。

- 承接第二段道出她最欣賞<u>李婭</u>的「李婭空翻」、高低槓和跳馬，也説出要學習<u>李婭</u>永不言敗的精神。

- 書信格式中的祝頌語、自稱、署名、日期表達恰當。

總評及寫作建議

　　學生寫書信，一定要能正確地書寫格式。這篇書信的格式正確，在信中能有條理地寫出<u>李婭</u>為<u>中國</u>奪到不少獎牌，再寫出她在體操項目中最傑出的成就，然後說出自己在<u>李婭</u>身上學到永不言敗的精神，又鼓勵她繼續努力，為國爭光。

　　整封書信能表達作者對她所敬佩的運動員的情感，行文通順。

詞彙百寶箱

永不言敗	發揮	了不起	冠軍	學習
完美	精神	崇拜	爭光	比賽
敬佩	體操	希望	獎牌	敬愛

精句收集屋

- 我要學習你永不言敗的精神。
- 我希望你為中國爭光。
- 我得知你在各項比賽中發揮完美，為中國拿了不少獎牌，真了不起啊！

寫作練習坊

1. 明華參加校際朗誦 _____ ，終於為學校 _____ ，奪得了冠軍。

2. 我們遇上挫折時，不要氣餒，應該發揚 _____ 的精 神，繼續努力。

寫給郭晶晶的信

學校：油蔴地天主教小學（海泓道）
年級：小三
作者：梁凱晴
批改者：王慧心老師

 設題背景

　　學生喜歡一些公眾人物，如運動員、偶像等，除了仰慕和敬佩他們外，有時還可培養學生認同和欣賞他人的能力。本題目讓學生以書信寫作來描述自己敬佩的人物，表達自己對他們的認同和欣賞。

寫作練習背景

1. 訓練書信寫作能力，熟悉書信格式，書信寫作最重要的是格式要準確。

2. 培訓鋪排文章架構的技巧：先記述人物的成就，並列舉事例，增加文章感染力。

3. 學習寓情於事的寫作手法。於記事之中，以真摯的感情抒發自己對人物的欣賞和祝願，令人印象深刻。

 習作正文

 點評與批改

親愛的郭晶晶：

　　你最近好嗎？你練習辛苦嗎？

　　得知你在二零零四年雅典奧運會獲得三米彈板跳水單人及雙人冠軍，我真為你高興！我敬佩你努力不懈的精神。此外，我也要學習你取得驕人成績但不驕傲及永不放棄的精神。

　　希望你在二零零八年奧運得到好成績。

　　祝你
身體健康及生活愉快！

　　　　　一個欣賞你的小學生
　　　　　　梁凱晴　敬上
　　　　　　　一月八日

- 書信格式中的稱謂語表達恰當。
- 首段向郭晶晶問好。

- 說出郭晶晶的成就及欣賞她的原因。

- 希望郭晶晶有更好的成績。

- 書信格式中的祝頌語、自稱、署名、日期表達恰當。

總評及寫作建議

　　寫作書信的首要條件是格式的準確性。書信的對象是一位素未謀面的運動員，寫作時學生從報章雜誌搜集了有關資料，再加上自己對運動員的欣賞及祝福。對於初學寫信的小三學生來說，小作者既能掌握正確的書信格式，也表達了欣賞別人的態度。

詞彙百寶箱

練習	高興	學習	成績	欣賞	奧運會
敬佩	驕傲	愉快	辛苦	努力不懈	
永不放棄	欣賞	獲得	精神	希望	

精句收集屋

- 我敬佩你努力不懈的精神。
- 我也要學習你取得驕人成績但不驕傲及永不放棄的精神。

寫作練習坊

1. 憑着 ＿＿＿＿＿＿＿ 的精神，哥哥終於 ＿＿＿＿＿＿＿ 了
   優異的成績。

2. 我們每天都 ＿＿＿＿＿＿＿ 跑步，＿＿＿＿＿＿＿ 在比賽
   中取得好成績。

9 週記——暑假回憶

> 學校：保良局錦泰小學
> 年級：小六
> 作者：張文思
> 批改者：本校老師

❓ 設題背景

　　漫長的暑假是同學們期盼以久的，怎樣安排暑假的活動，各人各有不同；能善用假期，愛惜時間，自能享受到無窮的快樂。擬定本題目以週記寫作，讓同學記述個人在暑假期間值得記述的事情，從中看到作者的時間管理技巧。

✏️ 寫作練習背景

1. 培訓寫作週記的技巧。掌握事情的重點，並加以描述，是週記寫作的重要技巧。

2. 鍛練詳畧得當的寫作方法。只寫一週中值得記述或令自己印象深刻的事情，說出事情的重點，以及當時的心情，使文章添光彩。

3. 週記寫作應避免流水賬式地記敍事情，這一點，高年級同學是比較容易掌握的。

 習作正文

 點評與批改

八月十三日至十九日

　　星期天是一個大日子，因為當天我校舉行暑期奧林匹克數學訓練班的賽前總測驗！我很早便起床，目的是溫習數學。參加測驗前，我的心情格外緊張。當我接到測驗題目時，發覺題目尚算淺易，便細心地完成每道數學題。核對答案時，我發現自己差點取得滿分，因而感到十分興奮。下課前，老師還贈送了一枝精緻的圓珠筆給我，以作鼓勵。

● 週記開首格式正確。

● 說出測驗前緊張和測驗後的輕鬆心情，同時獲老師獎勵，令小作者當天心情愉快。

　　星期二，我不用上暑期班，在家裏感到很苦悶，便致電約鄰居一起到社區中心玩康樂棋。後來，中心的社工還指導我倆利用木條製作相架，我花了兩小時，終於製成了兩個不同圖案的相架。回家後，我立刻把小時候的照片貼在相架內，觀賞一番。

● 善用假期，學習新知識，完成作品後，更懂得自我欣賞。

　　星期三下午，天氣酷熱，我約了<u>朱慧盈</u>同學一起去游泳。<u>摩士泳池</u>的面積很大，內有多個不同水深的泳池，多條滑梯和跳水台。由於我們沒有膽子嘗試跳水，只好溜滑梯和游泳。在水中暢泳，着實是消暑的妙法。

● 掌握重點，加以描述，在泳池一天消暑的活動躍然紙上。

　　星期五，爸爸不用上班，我們一家同到<u>香港公園</u>遊玩。走進公園，我看見一個蘑菇形的噴泉。園中小徑兩旁，遍植萬紫千紅的花兒，十分美麗。沿途還有一個人工湖，湖內飼養了很多錦鯉、大龜小龜和很多不知名的小魚。我坐在湖邊觀賞園林美景，倒也十分寫意。

● 捕捉公園的園林景色，側面反映了家庭樂。

　　星期六，我參加了社區中心的磁貼製作班。導師教我們在收縮塑料片上畫卡通人物，然後塗上色彩。隨後，導師把塑料片放進焗爐裏，它竟然收縮了近十倍。導師把磁貼黏在塑料片的背面，卡通磁貼便完成了，真巧妙呢！

● 善用時間，學習新興趣，令暑假更充實。

總評及寫作建議

　　文章能在短短數行中細緻地描寫泳池、園林等景物，文筆流暢，並在各段末簡單地抒發個人感受，令文章更見別緻。

　　本文內容豐富，在週記中以重點式追記五天的暑期活動，可見小作者對寫作素材懂得剪裁，提及製作相架和飾物的過程，扼要簡明饒有意思！

詞彙百寶箱

測驗	格外	緊張	製作	淺易	核對
興奮	贈送	精緻	鼓勵	巧妙	
萬紫千紅	觀賞	寫意	暢泳	磁貼	

精句收集屋

● 園中小徑兩旁，遍植萬紫千紅的花兒，十分美麗。

● 在水中暢泳，着實是消暑的妙法。

● 我立刻把小時候的照片貼在相架內，觀賞一番。

1. <u>美佳</u>考試取得第一名，爸爸送給她一個 ＿＿＿＿＿＿＿＿ 的筆袋，以作 ＿＿＿＿＿＿＿＿。

2. 學校的小花園種滿了 ＿＿＿＿＿＿＿＿ 的花朵，小息時，在這裏散步，十分 ＿＿＿＿＿＿＿＿。

⑩ 便條與邀請卡

> 學校：保良局錦泰小學
> 年級：小五
> 作者：陳思敏
> 批改者：本校老師

？ 設題背景

便條與邀請卡的主要功能是傳達準確的信息，以達到溝通的目的。設本題讓同學應特定的情景，寫作便條與邀請卡，學會表達自我，以及有效溝通的方法。

✎ 寫作練習背景

1. 學習便條與邀請卡的寫作。便條運用簡潔的文字，準確地傳達信息。邀請卡要詳細交代事情、日期、時間、地點等，使內容清楚明瞭。

2. 便條或邀請卡語句要誠懇，訊息清楚明白，令人印象深刻。

習作正文　　　　　　點評與批改

情境：<u>天藍</u>的爸爸今天本來答應帶他到<u>海下灣</u>遊玩，可是他爸爸一早接到公司的電話，要立即回去開會，只好寫了一張便條跟<u>天藍</u>道歉。假設你是<u>天藍</u>，收到這張便條後會怎樣處理呢？請用約一百字（包括標點符號在內）寫一張便條把想法告訴爸爸。

親愛的爸爸：

　　不要緊，我知道工作比遊玩更重要。這次，我們不能到<u>海下灣</u>遊玩，可以等下一次再去。我是不會怪責你的，我知道你也想和我一起去玩。可是你要工作，也是沒有辦法。請你不要把事情放在心裏。

　　　　　　　　兒子　<u>天藍</u>
　　　　　　　　即日下午三時

● 便條上款和下款的格式表達恰當。

● 語言簡潔流暢，小作者體諒爸爸的辛勞，反過來安慰爸爸。

情境：五年級同學打算在六年級同學離開
母校前為他們舉行一個聯歡會，假
設你是籌辦這次聯歡會的代表，試
用約一百四十字（包括標點符號在
內）寫一張邀請卡給其中一位六年
級的班主任，邀請他參加這個聯歡
會。

親愛的<u>陳老師</u>：

　　我們準備在六年級同學離開母
校前一天為他們舉辦一個聯歡會，
屆時不但有抽獎和集體遊戲等節
目，還有豐富的食物來招待大家。
我們誠意地邀請你到來參加。希望
你抽空光臨。詳情如下：

日期：二零零七年六月二十六日
　　　（星期五）
時間：下午二時至四時
地點：本校<u>雨天操場</u>

　　　　　籌辦聯歡會代表
　　　　　陳思敏
　　　　　五月二十六日

● 邀請卡包含了事由、日
期、時間、地點，表達
恰當。

● 文筆流暢，語言精練，
達到信息傳達的目的。

便條：

　　學生能夠根據爸爸失約這個重點來代<u>天藍</u>寫下這則便條，內容既簡潔又切題。此外，學生能在字裏行間代<u>天藍</u>表達體諒他爸爸失約的苦衷，並加以安慰，用詞恰當，言簡意賅。

邀請卡：

　　學生能夠針對題目，以籌辦聯歡會代表的身份邀請<u>陳</u>老師出席聯歡會，並列出舉辦聯歡會的日期、時間、地點，既詳細又清楚。其次，學生亦能運用適當的字詞邀請<u>陳</u>老師參加聯歡會，語調誠懇。不過，若能交代<u>陳</u>老師如何通知她是否出席聯歡會，可使這封邀請卡的內容更完整。

準備	舉辦	聯歡會	抽獎	離開	怪責
集體遊戲	邀請	光臨	屆時	招待	
遊玩	抽空	節目	誠意	詳情	

- 請你不要把事情放在心裏。
- 我們誠意地邀請你到來參加。

寫作練習坊

1. 校慶日當天，學校安排了很多精彩的 ＿＿＿＿＿＿，包括

   ＿＿＿＿＿＿ 和 ＿＿＿＿＿＿。

2. 楊老師將會＿＿＿＿＿＿ 我們到美國深造，我們為他

   ＿＿＿＿＿＿ 歡送會。

⑪ 週記——
一份有意義的禮物

學校：保良局錦泰小學
年級：小五
作者：黎信延
批改者：本校老師

❓ 設題背景

老師是我們的良師益友，當老師要離開時，同學們都會依依不捨。本題目讓同學以週記形式、記敘文文體記述同學們買禮物給老師留念，並細緻地交代了禮物的意義，盡見同學們的心思和對老師不捨之情。

✏️ 寫作練習背景

1. 學習週記的寫法。首段用簡單的文句，點出主題。

2. 細緻地描述了禮物，文筆流暢地說出禮物的意義。

3. 訓練敘議結合的能力，鍛練在記敘中表露情感，加深讀者印象。

五月十四日至五月十八日

　　我們認識了<u>張</u>老師多年，彼此可說是亦師亦友。這週，得知<u>張</u>老師快要移民<u>英國</u>，大家便決定選購兩份禮物送給他留念。

　　接着的幾天，我和同學們一起討論買甚麼東西、到哪兒去買，每到一個商店，都詢問售貨員的意見。結果，我們買了一本<u>英國</u>地圖冊和一個相架送給<u>張</u>老師。有了這本<u>英國</u>地圖冊，他在<u>英國</u>人生路不熟，即使迷路，也不用愁了；還有，我們全班同學打算在那本<u>英國</u>地圖上寫上姓名和聯絡電話，以便他可以隨時跟我們聯絡。大部分同學都在地圖冊上寫上祝福語，例如：一帆風順、生活愉快。

　　除了送贈<u>英國</u>地圖冊外，我們也送上一個親手製作的相架給他。相架的框邊刻上心形和笑哈哈的圖案，相架內還存放了我們全班同學

● 週記開首格式適當。

● 首段說出<u>張</u>老師要移民，大家決定買禮物送給他，點出主題。

● 第二段記敘同學們買禮物，以及挑選地圖冊的原因，帶出同學們對老師依依不捨的心情。

● 記述同學們自製相架，希望老師永遠都記得他們，字裏行間，真情流露。

的大合照，這樣，他就不會忘記我們了。此外，我們約定每年拍一幅全班大合照寄給他，讓他看到我們成長的樣子。我相信，<u>張</u>老師收到這兩份禮物後，一定會又感動、又開心呢！

總評及寫作建議

　　小作者能清晰而有條理地寫出所贈禮物的意義。文中充滿童真，小作者期待着老師會永不忘記他們這羣學生。文中畧提及地圖和相架的意義，能道出學生對老師的感情。

　　小作者宜多刻畫<u>張</u>老師與他們相處的經歷，從而引發他們買這兩份意義的禮物。文中矛盾之處，在於「買相架」送給老師與「親手製作相架送給老師」並不等同，既已明言「買禮物」，自然不宜又言「親手製作禮物」，除非是加工，加上裝飾，但必須交代清楚為要。

詞彙百寶箱

亦師亦友	刻上	聯絡	討論	留念
認識	製造	詢問	迷路	彼此
圖案	地圖	感動	移民	成長

- 他在<u>英國</u>人生路不熟，有了這本<u>英國</u>地圖冊，即使迷路，也不用愁了。

- 我們約定每年拍一幅全班大合照寄給他，讓他看到我們成長的樣子。

寫作練習坊

1. 我們去郊外遠足一定要帶 _____，否則就會迷路了。

2. 我和<u>小華</u>是從小就 _____ 的好朋友，聽到他要到外國讀書的消息，實在依依不捨。

⑫ 日記一則

學校：香港培正小學
年級：小六
作者：林雲彩
批改者：黃嘉儀老師

？ 設題背景

　　日記的寫作方法多種多樣，內容豐富多彩，既可敍事，又可抒情，一舉兩得。同學透過日記記述個人的閱報感受，能概括他人思想，同時表達自己對事情的看法和感受。

✏ 寫作練習背景

1. 培訓有序地鋪排文章的能力。文章敍述層層有序，先概括他人的思想和看法，然後加以分析，並説出自己的見解，條理清晰。

2. 敍事與抒情分配恰當，敍事簡畧，抒情詳盡，可收全面之效。

習作正文

十二月十九日　　　　星期二　晴

　　今天，我悠閒地翻開報章，閱讀了一則有趣的報道……

　　內文主要是講述<u>弗林</u>日前發表的新論，他認為人類的智商已達頂峯，應該轉移發掘其他方面的能力，以求取得更大的躍進。我十分認同他的話，雖然人們的智商不斷提高，但人的語言能力和發自內心的道德情感卻相對地被忽畧。

　　其實，要取得這兩方面的躍進，我認為要多閱讀文學巨著。只有細閱文學巨著，才可以準確掌握詞彙的運用，增強語言的構造能力。此外，更可以沈醉於文學作品的世界中，投入不同處境的人物角色裏，從而學懂與他人相處之道。

　　我慨歎現在的社會都是以智力來獲取功利，缺乏人與人之間的關懷。看完這篇報導後，我亦悟到，只有我們以愛相待，這世界才會變

點評與批改

● 日記開首格式恰當。

● 能概括他人的思想和見解。

● 能分析事件，筆調成熟，也有個人獨立的見解。

● 文章編排恰當：第二段簡述事件並表達立場，第三段作出分析，第四段自我反省，脈絡分明。

得更有生命色彩。

　　我希望多看文學名著，培養正確的價值觀和提升語文的能力。

 總評及寫作建議

　　能由事引發內心感情的抒發，思想清晰，敍述層層有序。文章的內容比例恰當：敍事簡畧，抒情詳盡，能收深入、全面之效！

 詞彙百寶箱

悠閒	有趣	掌握	慨歎	翻開	培養
躍進	詞彙	關懷	頂峯	忽畧	
沈醉	醒悟	發掘	巨著	處境	

 精句收集屋

- 只有我們能以愛相待，這世界才會變得更有生命色彩。

- 雖然人們的智商不斷提高，但人的語言能力和發自內心的道德情感卻相對地被忽畧。

- 沈醉於文學作品的世界中，投入不同處境的人物角色裏，從而學懂與他人相處之道。

1. <u>小方</u>喜歡閱讀文學 _____，常常 _____

   在多姿多彩的文學世界裏。

2. 我們應該 _____ 老弱病殘人士，_____

   關愛他人的態度。

13 給小琳琳父母的信

學校：香港培正小學
年級：小六
作者：林嘉希
批改者：龐芷坤老師

? 設題背景

　　同學閱報可了解社會上發生的事情，培養社會觸角和關心社會的態度。書信可以敍事，可以抒情，本題目讓同學透過一則新聞故事，利用書信的形式，向他人致以深切的慰問，同時領畧生命的可貴。

✎ 寫作練習背景

1. 運用對比手法，將新生命的到來與驟然失去加以比較，深刻地表達了為人父母的悲痛。

2. 於簡單的敍事之中加入個人感想，使作者對生命的醒悟成為他人的啟示。

3. 在述說悲劇時，能保持理智，避免過度陷入悲傷的氣氛，才能在事件中反思，增強文章的深度和感染力。

 習作正文

 點評與批改

親愛的<u>高</u>先生、<u>高</u>太太：

　　你們好，近況好嗎？

　　首先讓我自我介紹。我的名字叫<u>林嘉希</u>，就讀<u>香港培正小學</u>六年級。早前從報章得知小<u>琳琳</u>的遭遇，雖然我不太明白她患了甚麼病，但一個剛出生的嬰兒便要受到病魔的折磨，在人間逗留了短短的幾日便要回天國去，真是可惜。我覺得她只生存了九天的故事非常感人，我的媽媽更被她的故事感動得掉下眼淚呢！

　　你們滿心歡喜地迎接小生命的來臨，但卻無奈地要接受失去她這殘酷的事實，相信你們的悲痛實在非旁人可以理解。然而，你們雖然悲痛，卻能堅毅地站起來把故事與人分享，這份勇氣，值得我們學習。看過你們的故事，我領悟到生命的珍貴。有些人因為一時想不通而自尋短見，但有些人則想在世上

● 書信的格式正確。

● 能簡單直接地引入正題。

● 此處使用了強烈對比，令人更感到小<u>琳琳</u>的離開對其父母造成很大的傷痛。

● 能從此事得到啟發，學會珍惜生命，對那些動不動便要尋死的人確實是當頭棒喝。

多活幾天也不能，你們說是不是很
諷刺呢？

　　另外，我也深深感受到父母對
子女的愛。母親由懷胎直到孩子出
生，看見孩子一天天地成長，當中
除了喜悅外，還有不少擔憂。所謂
「養兒一百歲，長憂九十九」。你
們的故事，令我醒覺到要多關懷及
珍惜我的家人。從前當母親對我提
點及勸導時，我只會覺得她嘮叨，
現在回想起來，我自覺很慚愧。

● 引用適當的諺語，以表
達子女在父母心目中的
重要性，很具體、貼
切。

　　高先生、高太太，希望藉這封
信送上我一點點的慰問，並祝福你
們能夠達成願望，小琳琳將來的弟
弟或妹妹均能健康地成長。

● 可在結束時對小琳琳的
父母多加鼓勵，並表達
自己對他們的關懷。

　　祝
健康愉快！

　　　　　　　　　　嘉希　上
二零零六年十二月二十八日

 總評及寫作建議

　　小作者能就地取材，選用這宗引起不少市民反響的新聞作為主題。透過一封信去安慰這對悲傷不已的父母，以表達自己對這對堅強父母的敬意，亦在字裏行間說出事件對她的激勵，從而作出反省。小琳琳父母積極的態度，確實給予小作者一課很好的生命教育。

　　本文內容簡要，遣詞造句通順達意，用詞準確豐富，段落層次分明，第二段先表達對小琳琳離開的婉惜，第三及第四段說出此事令小作者學會珍惜生命及愛護家人，最後對小琳琳的父母再作慰問，脈絡清晰，自然地表現出思想主旨，是一篇勵志的好文章。

 詞彙百寶箱

願望	慰問	珍惜	嘮叨	祝福	折磨
關懷	悲痛	堅毅	勸導	諷刺	
分享	滿心歡喜	慚愧	勇氣	理解	

 精句收集屋

● 養兒一百歲，長憂九十九。（諺語）

● 有些人因為一時想不通而自尋短見，但有些人則想在世上多活幾天也不能，你們說是不是很諷刺呢？

● 你們的故事，令我醒悟到要多關懷及珍惜我的家人。

寫作練習坊

1. 祖母昨天過世了，我感到非常 _____，同學們都紛紛

   來 _____ 我。

2. 媽媽 _____ 小明應該跟同學 _____ 自己

   的東西。

⑭ 週記一則

> 學校：香港培正小學
> 年級：小六
> 作者：陳俊熹
> 批改者：黃嘉儀老師

❓ 設題背景

　　人與人之間的愛，最真切感人，當中以母愛最為人所稱頌。本題目讓學生以週記記述個人對時事新聞的看法，同時表達自己對事件的感受，體會人世間最偉大的愛。

✏️ 寫作練習背景

1. 首段開門見山，清楚交代新聞事件，同時選取令人印象深刻的事件，緊扣讀者心弦。
2. 運用四字詞語，使語言更見精練，文章更典雅。

 習作正文

 點評與批改

十二月二十四日至十二月三十日

　　十二月二十七日，一個天氣晴朗的早晨，我翻開當天的報章，獲悉在前天晚上，距離香港不遠的<u>台灣</u>，發生了一場七點二級的大地

震。初步估計死傷者有數十人，而且預計還會引發多次餘震。地震後的台灣，到處都是頹垣敗瓦，市民流離失所，美好家園因為這次的天災而毀於一旦。

● 能使用簡潔的句子把整件事清楚交代，並善用四字詞語，恰當地把劫後的慘景表現出來。

接下來的數天，大眾傳媒都有不斷報導該處的最新災情，其中最令我感動的是一名偉大的母親為保護兩個兒子，在地震時用棉被包裹着孩子，自己卻以身體抵擋塌下來的瓦礫。最後，兩名小孩逃過大難，可惜他們的母親卻……是次事件讓我明白到母愛的偉大，捨身救子的她令我大受感動。

● 能選取災難當中一件很感人的事，從而抒發一己之感受。

一直以來，我總會為一些小事跟媽媽鬥氣，回頭仔細再想，她的嘮叨是一種關心我的表現。比起那兩名飽受喪母之痛的孩子，我真是幸福得多了！我一定要把壞習慣改過來，做一個好孩子，別總是惹媽媽生氣。

● 能自我反省。如可在此處對媽媽作出承諾，證明自己真的因為這件事而願意作出改變，意思會更完整。

 總評及寫作建議

　　文筆流暢，感情真摯，對事情的描述亦十分具體，用詞恰當，能由敘事入情，作出內心的反省，藉此達到抒情的效果！

 詞彙百寶箱

頹垣敗瓦	保護	瓦礫	母愛	天災	關心
流離失所	毀於一旦	感動	包裹	偉大	
鬥氣	仔細	抵擋	塌下來	幸福	

精句收集屋

- 到處都是頹垣敗瓦，市民流離失所，美好家園因為這次天災而毀於一旦。

- 是次事件讓我明白到母愛的偉大，捨身救子的她令我大受感動。

- 回頭仔細再想，她的嘮叨是一種關心我的表現。

寫作練習坊

1. 地震之後，建築物都 ＿＿＿＿＿＿＿＿＿＿＿＿ ，周圍一片

   ＿＿＿＿＿＿＿＿＿＿＿ 。

2. 母親時時刻刻都 ＿＿＿＿＿＿＿＿＿＿＿ 着我和妹妹，我們真是

   非常 ＿＿＿＿＿＿＿＿＿＿ 。

⑮ 日記一則——
遊中秋綵燈晚會

學校：番禺會所華仁小學
年級：小五
作者：陳浩銘
批改者：劉丹琼老師

？ 設題背景

　　遊中秋晚會是多姿多彩的節目，周圍環境都有適合描寫的題材，如果把所有事物都寫出來，會令文章變得雜亂無章，日記寫作正好可以訓練同學選取精華片段來寫作的技巧。

✏ 寫作練習背景

1. 選擇合適的內容寫作日子，注意日記是記述當天發生的事情，因此不宜寫以前的情景。

2. 擷取精華片段，集中描寫綵燈，並從中選出較有特色的或令自己印象深刻的來重點描寫。

3. 運用插敘議的寫作方法，描寫之中加插自己的感受，句末運用省畧號，可增加文章的餘味，令人回味再三。

十月六日　　　　　　星期五　晴

　　今天是農曆八月十五日，窗外，一羣人提着五彩繽紛的花燈，令我想起往年我跟爸爸、媽媽和姐姐到街上觀看綵花燈的情景……

　　晚上，我們一家人到維多利亞公園觀看綵花燈，出了天后地鐵站便看到張燈結綵的街上充滿着林林總總的花燈。圖像式的花燈以鳥類、昆蟲類、哺乳類及爬蟲類或其他形狀製成；人物式的花燈則描繪上歷史故事裏的人物，有關羽、趙子龍、龐涓等。花燈手工精緻，圖案鮮豔，五光十色。街上不單有琳瑯滿目、多不勝數的傳統燈籠，更有工藝卓越的大型綵燈和高科技的燈飾，令千萬名觀賞的人士讚不絕口，而我也歎為觀止。最令我欣賞的花燈是一個形狀像迪士尼樂園城

點評與批改

● 日記開首格式適當。

● 首段點出了是次日記的主題——遊中秋綵花燈晚會。

● 由於本文是一則日記，內容以記述當天發生的事為主，故此小作者將往年綵花燈的情景省畧不寫。

● 第二段小作者把花燈的款式有條理地描述出來。先寫圖像式的花燈，接着寫寫景式的花燈，再寫傳統式的花燈，然後寫大型和高科技花燈，最後寫自己最欣賞的花燈。

堡一樣的花燈。城堡柱上掛着多條
紅穗，平添了不少<u>中國氣息</u>。

離開<u>維多利亞公園</u>時，我不禁
回頭再望，華麗的綵燈，把街道照
得五光十色，武術表演及其他節目
帶來娛樂的氣氛，令人久久不願離
去……

● 小作者在最後一段抒發
了是次遊中秋綵燈晚會
的感受。

● 末段的省畧號用得好，
留有餘味，引起讀者遐
想。

總評及寫作建議

日記是生活的記錄，把一天中的所見、所聞、所言、所行、所
思、所感，選其最有意義的記錄下來。小作者選擇遊中秋綵燈晚會一
事來記述，中秋綵燈的款式雖然繁多，但小作者能突出重點抓住一些
有特色的來描繪。

在文章結構上，小作者下了不少工夫。文章段落分明，詳寫和畧
寫分配得當，第一段有關往年綵花燈的情景省畧不寫；第二段有關中
秋花燈的款式描寫得詳盡而具體；第三段畧寫離開綵燈晚會的情形和
感受，並留有餘味，令讀者遐想。

在遣詞造句方面，本文用詞豐富、精煉，運用多個四字詞來形容
綵燈，此外語句流暢明白，很少錯誤。

 詞彙百寶箱

鮮豔	氣氛	卓越	觀賞	描繪	氣息
不禁		華麗	張燈結綵	五彩繽紛	多不勝數
林林總總	琳瑯滿目	五光十色	歎為觀止	讚不絕口

 精句收集屋

- 街上不單有琳瑯滿目、多不勝數的傳統燈籠，更有工藝卓越的大型綵燈和高科技的燈飾，令千萬名觀賞的人士讚不絕口，而我也歎為觀止。

- 離開維多利亞公園時，我不禁回頭再望，華麗的綵燈，把街道照得五光十色，武術表演及其他節目帶來娛樂的氣氛，令人久久不願離去……

寫作練習坊

1. ＿＿＿＿＿＿＿ 的招牌，令旺角像穿着 ＿＿＿＿＿＿＿＿ 晚裝的美人。

2. 公園裏的小丑拿着 ＿＿＿＿＿＿＿＿ 的氣球表演鬧劇，令小朋友十分歡喜。

 16 日記一則——行山記趣

學校：番禺會所華仁小學
年級：小三
作者：盧澤霖
批改者：劉丹琼老師

❓ 設題背景

　　日記寫作主要記述日常生活中令自己印象深刻或感到特別的事情，最難掌握的地方是怎樣精煉地選取事情，同時避免過於瑣碎。本題目要求小學生寫一篇有關白日夢的日記，以寫實的方式來記述。

✏️ 寫作練習背景

1. 首段開門見山，點出日記主題，引起讀者的閱讀興趣。

2. 運用對比的寫法，先寫上山時道路平坦舒適，接述山路陡峭，最後來到山頂，發覺風景更令人神往，與山下的風景形成強烈的對比。

3. 運用四字詞語描寫景物，不但形象貼切，而且語言典雅，使人留下深刻的印象。

三月二十五日　　　　星期日　晴

　　今天，我和爸爸媽媽一起準備去登山，計劃從山腳走到山頂。當爸爸向我展示地圖上的登山路徑時，我還以為十分容易就可以到達目的地呢！因為地圖上所顯示的路徑，只有一隻手指的長度。

　　開始的時候，路勢比較平坦，行人也比較多。但是，我們愈往上走，山路就愈陡峭，四周樹木蒼翠，清風徐徐，但我的呼吸卻開始急促。

　　到達山頂的時候，眼前豁然開朗，一望無際。山頂上是一大片草地，四周繁花似錦、風光如畫，我卻已累得氣喘如牛、汗如雨下。

　　稍微休息後，我迫不及待地從叮噹的百寶袋裏拿出一個足球。正當我和爸爸玩得興高采烈的時候，忽然，一個勁射球向我飛來，打得我眼前一黑，昏倒在地上。

● 日記開首格式正確。

● 首段點出了是次日記的主題——行山記趣。記敍小作者心裏以為山路容易走，引起讀者閱讀下文的興趣。

● 走着，走着，路由平坦變得陡峭，令小作者有不同的感受，但沿途風景值得欣賞。

● 終於到達山頂了，一句「豁然開朗」，盡掃剛才的辛苦，令讀者更期待看到山上的景色。用四字詞語形容周圍的環境，用字精煉，準確傳神。

● 寫景後，記述當天的活動，跟爸爸玩足球時，發生了小意外。

這時，我聽到耳邊傳來媽媽焦急的呼喚聲，我睜開眼一看，發現自己睡在牀上，原來剛才只是「南柯一夢」。

● 結果出人意表，原來這篇日記寫的是作者的夢境，很有創意，令讀者對文章印象更深刻。

總評及寫作建議

小三同學能運用四字詞語來形容山上的景色，實在不俗，可見小作者的詞彙儲備非常豐富。同時，懂得由山下而山上鋪排段落及描寫景色，令讀者仿如親歷其境；文章的結果卻出人意表，可見小作者行文佈局的心思，甚具創意。

詞彙百寶箱

展示	路徑	路勢	平坦	陡峭	蒼翠
徐徐	急促	稍微	昏倒	焦急	呼喚
睜開	豁然開朗	一望無際	繁花似錦	風光如畫	
氣喘如牛	汗如雨下	迫不及待	興高采烈	南柯一夢	

精句收集屋

- 到達山頂的時候，眼前豁然開朗，一望無際。山頂上是一大片草地，四周繁花似錦，風光如畫，我卻已累得氣喘如牛，汗如雨下。

- 這時，我聽到耳邊傳來媽媽焦急的呼喚聲，我睜開眼一看，發現自己睡在牀上，原來剛才只是「南柯一夢」。

寫作練習坊

1. 花園裏 ＿＿＿＿＿＿＿＿，小蜜蜂們 ＿＿＿＿＿＿＿＿ 地飛來吸取花蜜。

2. 爸爸上星期出差去<u>雲南</u>，回來後給我們看了

   很多 ＿＿＿＿＿＿＿＿ 的照片，

   原來<u>雲南</u>是這樣的美麗。

學校：番禺會所華仁小學
年級：小三
作者：蘇澤信
批改者：劉丹琼老師

？ 設題背景

這是三年級上學期的寫作題目，同學們初接觸實用文的寫作，需要掌握書信的正確格式，而寫作內容就從同學最熟悉的人和事開始，這樣會較易入手。

1. 熟悉書信寫作的格式。書信寫作要掌握正確的書信格式，如稱謂語、問候語等。

2. 問候語宜簡單直接，適合收信人的身份和情況，增加文章的親切感。

3. 信中宜談及收信人和寫信人都熟悉的話題，如考試、測驗、學校生活、課外活動，等等，容易讓雙方產生共鳴。

 習作正文

 點評與批改

親愛的<u>永熙</u>同學：

　　你近來好嗎？功課做好了沒有，覺得困難嗎？

　　轉眼間我和你已升上三年級了，而且還在同一班上課，真是非常開心。但功課比以前多了很多，現在還可以應付，不知將來能否應付得來呢？

　　測驗日子已經漸漸臨近了，我真的有點害怕，因為測驗和考試的模式都轉變了，我擔心應付不了。而且媽媽還給了我很多課外練習，我真的應接不暇，亦感到增添了很大的壓力。但我希望能和你一起努力，考到好成績，你認為好嗎？

　　好了，就談到這裏吧，有空你也來信談談你的學習近況。

　　祝你
學業進步！

　　　　　　同學
　　　　　　<u>澤信</u>
　　　　　　十月十四日

- 書信稱謂語格式恰當。

- 首段說出簡單的問候語，增加親切感。

- 正文先說出自己很開心能與他同班，接着向同學訴苦，擔心應付不了功課。

- 小作者再進一步跟同學訴說自己對學業的擔憂，雖然如此，最後小作者還是鼓勵雙方要努力學習，希望取得好成績。

- 書信下款格式恰當。

 總評及寫作建議

　　以書信向同學表達自己對升上三年級的喜悅和對學業的擔憂，情感率真，文字淺白流暢，使人印象深刻。

 詞彙百寶箱

轉眼間	近況	功課	非常	困難	漸漸
考試	應付	接近	害怕	轉變	模式
測驗	擔心	應接不暇	增添		

精句收集屋

- 我希望能和你一起努力，考到好成績。
- 測驗日子已經漸漸臨近了，我真的有點害怕。

寫作練習坊

1. 表姐到<u>美國</u>留學，＿＿＿＿＿＿＿＿ 已經三年了，不知道她的

　　＿＿＿＿＿＿＿＿ 如何呢？

2. 學校的 ＿＿＿＿＿＿＿＿＿＿ 非常繁忙，媽媽擔心<u>小明</u>

　　＿＿＿＿＿＿＿＿ 不了。

18 談困難

學校：聖公會呂明才紀念小學
年級：小六
作者：李文傑
批改者：楊冬梅老師

? 設題背景

　　配合議論文單元的教學，要求學生以議論文文體寫一篇日記。而在此之前學生已學了兩篇議論文的文章，已掌握寫作議論文的要素，即論點、論據和論證。此習作的設計目的，就是希望學生能嘗試用較生活化的例子去學習寫作議論文。

✎ 寫作練習背景

1. 議論文的要素（論點、論據和論證）是寫好議論文的基本條件，因此將之作為批改重點，評估學生是否已真正掌握所學。

2. 寫作議論文時經常運用不同的議事方法，本練習是希望利用一種較易掌握及有效的方法——舉例法，讓學生在說理時，更具說服力。

3. 從正反兩面說明自己的觀點，培養學生表達自己見解，加強批判性思考問題的能力。

習作正文	點評與批改
四月十六日　　　　星期一　多雲	● 日記開首格式正確。
今天的中文課堂上，老師留下功課，要我們寫一篇題為「談困難」的日記。	● 首段點題。
在生活裏，我們要面對的困難數之不盡，例如學業困難、工作困難等等，我們必須想辦法去解決，決不能退縮。	● 一開始已明確地提出論點，「遇到困難，決不能退縮」。
俗語説：「只要有恆心，鐵杵磨成針。」當我們遇上困難的時候，不要害怕，也不要逃避，要勇敢面對；自己不能獨自解決的話，可以找親人和自己信任的朋友幫助，那麼，再困難的問題也都能解決。	● 引用諺語，本能輔助説理，但所用的諺語卻不適當，未能收預期效果，如改為「米靠碾，麵靠磨，遇到困難靠琢磨」則較好。
在我們的生活中，很多人遇上困難便輕易放棄，有些人甚至因此有輕生的想法。就像前兩天，我看見報紙上有這樣一則報道：「一個新移民學生，因在學業上遇到困難，尤其是在英文科方面，得不到	● 列舉生活上的反面例子加以論證，回應論點，説明逃避是解決不了問題的。

別人的幫助，就企圖自殺，幸好及時獲救。」我覺得他很傻，因為遇上困難時，他選擇了逃避。我覺得他應該不恥下問，向同學和師長求助才可以把困難解決。

其實困難是一定能解決的，但如果自己不嘗試去解決的話，不管是遇上多容易解決的問題，仍是一籌莫展。在幾個月之前，我看了一齣日劇《一公升眼淚》，當中的女主角木藤亞也患了絕症——脊髓小腦萎縮症。在患病時，她從不向病魔低頭，與病魔一直對抗，父母和朋友都在她的身邊支持她、幫助她。直至生命結束前的一刻，她對生命仍是充滿希望。我深深地被感動了，我要以她為榜樣，學習她那一種勇敢地面對絕症、不逃避困難、對生命充滿希望堅強不屈的精神。

- 舉出正面例子，與上文反面例子進行正反對比論證，進一步說明遇到問題要積極面對及解決。引用事例論證，也極恰當。深入論證，使中心論點理據充足。

其實，困難是不可怕的，反而逃避困難才是真正的可怕。當我們遇上困難的時候應該抱着樂觀的態度，積極地想辦法去解決。

- 結論再次表明立場，呼應議論的主題：「面對困難不可退縮」，收首尾呼應之效。

總評及寫作建議

日記的內容，可以用任何文體來寫。本習作是一篇議論文，對於議論文的寫法，小作者大致已掌握，文中論點清楚，立場清晰。然小作者懂得運用語例作為例證，本值得嘉許，惟小作者錯用了與內容不符的諺語。建議小作者多加搜集研究，清楚諺語的真正含意，供日後寫作多加引用。

本文在論證方面用了生活中所熟悉的例子，並用正反兩面的議事方法。文章從正面論證了中心論點「面對困難，不可逃避」，又從反面指出「遇到困難，必須勇於面對」。這種對比論說，使文章更具說服力。整體佈局有序，論述暢達，都是本文的可取之處。

對於一個小學生而言，要寫出一篇好的議論文，實在不是一件容易的事。學寫議論文，一定要注意論點正確、鮮明，論據充分有力，論證合理嚴密，這樣寫出來的文章才有說服力。

在寫作前，宜先作討論及指導，尤其是論證的方法。學生普遍只能以敘述式說出自己的看法，未能列舉明確的例子加以說明，或引用語例輔助說明。因此，寫作前的指導，更能使學生避免偏離論點；同時還要教導學生選擇一些合理性、易感動讀者，引起共鳴的例子作論據。

 詞彙百寶箱

退縮	堅強不屈	輕易	積極	不恥下問	
樂觀	放棄	對抗	萎縮	一籌莫展	
解決	儘管	一齣	感動	榜樣	信任

精句收集屋

● 直至生命結束前的一刻，她對生命仍是充滿希望的。

● 我要以她為榜樣，學習她那種堅強不屈、對生命充滿希望的精神。

寫作練習坊

1. 當我們遇上 ＿＿＿＿＿＿＿ 時，不要 ＿＿＿＿＿＿＿ ，只要我們堅持到底，一定取得成功。

2. 小芳每年都考第一名，我最欣賞她 ＿＿＿＿＿＿＿ 的精神，遇上不明白的地方，一定請教別人。

⑲ 我最喜歡的動物

學校：聖公會呂明才紀念小學
年級：小六
作者：林沛欣
批改者：鄭淑嫻老師

？ 設題背景

　　這是一篇日記的設題。學生在學習以說明文為體裁的文章後，對說明文的寫作方法已有認識。加上對動物之描寫已有一定基礎，故此習作的設計目的，就是希望學生能運用所學的寫作技巧。

✏ 寫作練習背景

1. 說明文的要素是以說明一件事物為主，就事物加以客觀的解釋、分析、描寫。因此，對事物的性質、狀態或情境，必須清楚說明，使讀者看到整體或關鍵的輪廓。所以本文以此作為批改重點，評核學生是否能真正掌握所學。

2. 顧名思義，說明文當然是用來說明一些東西。說明文講究條理清晰和簡單直接。所以事物陳述的次序及組織頗為重要，所以本文亦注重這重點。

3. 學生從小學時已不斷學習各種修辭技巧，但往往是停留於認知和判斷的階段，未能懂得運用出來。故此文以此為批改重點，希望鼓勵學生運用已學會的知識。

習作正文	點評與批改

六月四日　　　　星期一　陰

● 日記開首格式正確。

　　今天，我要談論一下我最喜歡的動物。我最喜歡的動物便是狗，因為狗是人類忠心的朋友。

● 開宗明義，直接帶出要說明的事物，又說明狗與人類關係的特性。

　　狗是人類常飼養的寵物，不！應該說，很多人將狗當作自己的家人，甚至把牠們當兒女般疼愛。

　　狗的種類很多，有北京狗、松鼠狗、芝娃娃狗……不論甚麼品種，牠們總會有逗人喜歡之處。

● 進一步交代不論哪類狗，都會令人喜愛，過渡自然。

　　狗的外型也各有不同。有些狗的體形嬌小，精靈活潑；有些狗的體形龐大，大得可以讓一個一至兩歲的小孩子騎在背上。所以，無論你的家居面積多大，只要你喜歡，總有一類狗隻是適合你飼養的，牠會為家庭添上樂趣。

● 以例子說明，具說服力之餘，亦把描述的事情形象化。

　　另一方面，不論狗隻的品種有甚麼不同，體形是如何的大小不一，但牠們的嗅覺都十分靈敏，

狼狗為其中的佼佼者。狼狗對警方的工作起了極大作用，因為牠們除了嗅覺靈敏外，身手也非常敏捷，所以牠們往往可以幫助警方搜索物件和尋人等。人們稱這些受過訓練的狗為「警犬」，牠們確實是警方的「好幫手」，這也印證了狗是非常聰明的動物啊！

狗不但可以當警犬，還可以當「狗醫生」。「狗醫生」會到老人中心或醫院探望老人和病人，給他們帶來歡樂，這使人們在寂寞的日子中或困境中感受到一股暖意，牠撫慰了人們的心靈，就如醫生醫治病人一樣，期望人們能擺脫病魔的纏擾，脫離苦難。試問這種無私的付出、不求回報的態度，不是很值得人敬重嗎？

狗伴着不少人度過童年，又時常幫助人類，牠們真是人類忠心的朋友。

- 能運用比喻句，使所表達的事物具體而生動，讀者更容易明白。

- 能運用設問句，引起讀者的注意和思考，以便更好地陳述、說明或論證問題。亦能利用語氣上的變化來增強語言的表達效果。

- 可進一步作反面說明以加強說明效果。如人類沒有狗作為伴侶的後果。

- 結尾再把狗與人的關係述說一次，這首尾呼應的做法給人完整、嚴謹的感覺，使人在閱讀時，進一步感到全文內容前後連貫、緊湊集中。

總評及寫作建議

小作者大致能夠掌握說明文的寫作方法。首先有做題意的提示，使讀者一看便知道所要說明的主題為何。第二步就是針對主題加以說明，依題意作正面說明。在說明之後，又能舉出例證及引用比喻，能使讀者有更具體的認識。最後把文章作一總結說明，並以首尾呼應的寫作技巧作結束，文章結構完整。

說明的次序條理清晰，簡單直接。事物陳述的次序由個人感受引申至家庭歡愉，最後再到狗對社會的貢獻；另一方面，又從狗隻的種類引伸至體型大小，以至狗隻的工作，這都是循序漸進的陳述方法，使人易於閱讀文章。建議小作者可多介紹狗隻的生活習性，使讀者對狗有更全面的了解。又可循這個方向加強介紹「狗是人類忠心的朋友」的說法。

本文運用的修辭技巧不多，宜加入其他修辭技巧。可嘗試運用排比、對偶或誇張等已學的修辭手法。但反問句的用法不俗，能突顯個人對狗的敬重。

詞彙百寶箱

飼養	疼愛	龐大	撫慰	脫離	敬重
纏擾	佼佼者	搜索	付出	態度	
靈敏	印證	回報	值得	敏捷	

 精句收集屋

- 有些狗的體形龐大，大得可以讓一個一至兩歲的小孩子騎在背上。
- 這使人們在寂寞的日子中或困境中感受到一股暖意，牠撫慰了人們的心靈。

 寫作練習坊

1. 小華 _____ 無比的努力，終於考到第一名。

2. 我家養了一隻小貓，牠的身手十分 _____，能在家裏

   不同的地方跳來跳去，我和家人都十分 _____ 牠。

20 遊香港迪士尼樂園

> 學校：聖公會呂明才紀念小學
> 年級：小三
> 作者：徐穎如
> 批改者：陳純子老師

❓ 設題背景

本文乃學生平日的雙週記，文體為記敍文，題目自訂。學生已有兩年寫作雙週記的經驗，日常亦有寫作記敍文的練習，一般學生已能書寫段落和篇幅較短的文章。

✏️ 寫作練習背景

1. 小學生生活經驗有限，寫作時內容常流於空洞。要求學生寫雙週記的其中一個目的，是希望學生能在日常生活中，發掘並選取有書寫價值的題材作為內容。

2. 清楚交代六何（何時、何地、何人、何事、如何、為何）是寫作記敍文時不可或缺的條件。學生在小三階段要學習由書寫段落過渡到寫一篇文章，因此，應該開始學習有條理地鋪排內容，並以適當形容詞豐富文章內容。

3. 雙週記較能表現個人性情，有別於一般的記敍文，自主性較強。因此，除了要求學生清楚記述事件之餘，亦要求他們在字裏行間表達自己的想法、意見或感受，令文章更具個人風格。

八月二十日，我和家人前往<u>香港迪士尼樂園</u>遊玩。

我懷着興奮的心情，乘坐地鐵來到<u>迪士尼樂園</u>站。列車車廂內有軟綿綿的絲織座位，而窗口則是採用<u>米奇老鼠</u>形狀設計。此外，還有其他不同的卡通人物擺設，我覺得很別緻。

我們很快來到通往樂園的大道。大道兩旁種滿綠油油的植物，大道中間則擺設了色彩鮮艷的花朵。我看見穿梭於花朵間的蝴蝶自由自在地翩翩起舞，心裏十分興奮。我們一邊觀賞，一邊向樂園進發。

樂園門口有一座很大的噴水池。噴水池周圍擺設了<u>唐老鴨</u>、<u>小熊維尼</u>、<u>跳跳虎</u>和<u>史迪仔</u>等卡通人物模型。水池中間放有一個會噴水的鯨魚塑像。它噴出的水柱不斷地承托住在水柱頂端的<u>米奇</u>。隨着音

● 第一句已將「六何」中的時、地、人、事交代清楚。

● 觀察仔細，描述恰當。

● 描寫蝴蝶翩翩起舞的情景與小作者當時喜悅的心情、悠閒的心境互相配合，達至借景抒情之效。

● 描寫生動，將噴水池描寫得既具體，又有動感，視聽效果兼而有之。

樂的演奏和美妙的噴水效果，米奇在鯨魚上不斷升降，似是在跳舞，迎接我們。

約上午十一時，我們抵達樂園。「隆！隆！隆！」「咔！咔！咔！」一輛列車應聲駛到。

- 小作者適時運用擬聲詞，既能引起讀者注意，又能帶出樂園列車。

- 以列車作為引子，帶出第一個遊覽的地方——美國小鎮大街。

列車上載滿乘客。車長和工作人員帶着親切的微笑，熱情地向我們揮手和介紹樂園的設施。我和弟弟一看見列車就迫不及待奔上去。原來列車是仿古設計的。列車圍繞樂園周邊行駛，每到一個景點都有工作人員向遊客做介紹。列車經過探險世界、幻想世界和明日世界，最終抵達美國小鎮大街。

我帶着無比興奮的心情踏進美國小鎮大街。那裏兩旁商店林立，街上滿是美輪美奐的有關卡通人物的食品、文具、玩具和紀念品。那裏還有穿梭於美國小鎮大街的微型巴士（即古時的囚車），歡迎我們乘坐。我選

- 這裏過渡得宜，既能承接上段（列車抵達終點站——美國小鎮大街），又能展開下文（描述小作者在美國小鎮大街的所見所聞）。

擇去找米尼拍照，弟弟選擇找小熊維尼拍照。

　　我們決定先到探險世界，參加「森林河流之旅」。坐上船後，我看見河流的岸邊長滿密密麻麻的樹木，心裏有點害怕。大象帶領着小象在河邊戲水，向船上的遊客射水，逗得遊客們開懷大笑。那時，我起初害怕的心情已被笑聲化解了。船繼續向前行，「隆！隆！隆！」的聲音此起彼落。突然，河面出現了很多條鱷魚。牠們張開帶有尖齒的大口，樣子兇殘之極。不一會，「隆！隆！隆！」的聲音又再響起，河面上出現另一種龐然大物——河馬。牠張開大口，口大得可吞噬一頭大狗！工作人員不斷向我們發出警告：「頭和手請勿伸出船外，尤其是小朋友。」

　　此時，我覺得自己身處險境，緊張得大力地抓緊爸爸的手臂。我雖說非常害怕，但也不想錯過這次難得的旅程，決定鼓起勇氣繼續探

● 這段記述了小作者遊玩「森林河流之旅」的經歷。當中涉及不少情感描寫，小作者能寫出自己心理上的轉變之餘，感情亦見真摯。小作者由驚恐到愉快，由高興到緊張，由緊張到輕鬆，最後由輕鬆到心境平靜下來。心情隨着作者當時的所聽所見時起時落，每一步都清楚交代，而且與「探險」主題緊緊相繫。

● 在複雜的心理變化中，小作者亦能寫出她內心的掙扎，例如是否繼續探險。

● 此段內容十分豐富，而且詳畧得宜。小作者詳寫經過大象、鱷魚和河馬的旅程，但畧寫遊覽動物世界、獵頭族世界和火山爆發地帶的旅程。

險。途中，我經過<u>動物世界</u>，看見黑猩猩、斑馬和長頸鹿悠然自在地生活，又遊覽過恐怖地帶的<u>獵頭族世界</u>，更成功地渡過了<u>火山爆發地帶</u>，最後順利完成了「森林河流之旅」，此時我的心情才平靜下來。

下一個景點是<u>幻想世界</u>。我們來到美麗的城堡。在城堡裏，我們恰巧看到<u>灰姑娘</u>。我深深地被她吸引住了！那時我腦海中立即浮現出童話故事裏的<u>灰姑娘</u>。她熱情地伸出雙手逗我與她拍照。<u>灰姑娘</u>軟綿綿的手拖住我的手，還輕輕地抱我入懷，又將雙手放在我的胸口，一陣陣的幽香撲面飄來，使我心曠神怡。我是否在夢境裏呢？不是，這是個現實的幻想世界樂園。

接下來，我們觀看<u>米奇幻想曲</u>立體電影。在廣闊的銀幕上，我們由<u>米奇戲院</u>被引導到<u>海底世界</u>，再由<u>海底世界</u>升上天空。我看見<u>阿拉丁</u>和<u>茉莉公主</u>坐在地毯上飛來飛去，我也有同樣的感覺，好像也在

天空上飄動。最後，<u>阿拉丁和茉莉</u><u>公主</u>帶領我們回到地面，進入<u>米奇</u><u>音樂戲院</u>，然後到<u>唐老鴨</u>處飛向窗口。我覺得整個表演都是別開生面的享受。

下午約二時正，我們才進食午飯。其他節目我會寫進日記。

● 最後一段收結得太快，有虎頭蛇尾之感，建議加一兩句總結當日的活動和感受。

💡 總評及寫作建議

這篇雙週記內容豐富，言之有物。小作者一定對這次旅程有深刻印象，有感而發。寫雙週記時需要特別留意，選取有價值的事來寫，並適度表達對事件的感想，這樣的雙週記才真摯動人。

小作者運用步移法，以空間的轉移作為敍述的先後次序，將她在<u>迪士尼樂園</u>遊玩的情況記述下來，使文章整體顯得鋪排有致。觀畢全文，小作者記述完一個景點，再記述另一個景點，猶如帶領讀者到<u>迪士尼樂園</u>遊覽一樣。

當日行程緊密，可以寫的內容多不勝數。小作者能在節目豐富的一天中，選取數個有深刻印象的片段來詳細描寫，刪去無關痛癢的枝節，剪裁屬恰到好處。

　　選取了值得寫的材料，還需要有系統和層次的表達。此文結構有條不紊。全文共八段，每段敍述一個地點或活動。每段的第一句都是中心句，其他句子是發展、解釋或描述。由此可見小作者思路清晰。在結構上，如能在文章末加一小段，總結當日的所見所聞和感受，則效果更佳，結構亦較完整，免卻草草了結之感。

　　此外，值得一提的是，小作者在文中着意運用不同的詞彙，運用大量的形容詞和副詞，把事物寫得活靈活現，把情景寫得生動傳神，使文章讀起來多彩多姿，值得一讚。小三學生能運用如此豐富的詞彙，而且文句流暢，實是平日多閱讀課外書籍之功。

軟綿綿	翩翩起舞	美妙的	親切的
別緻	熱情地	密密麻麻	無比興奮
綠油油	仿古設計	開懷大笑	掩蓋
穿梭	此起彼落	吞噬	幽香撲面

- 灰姑娘軟綿綿的手拖住我的手，還輕輕地抱我入懷。
- 牠張開大口，口大得可吞噬一頭大狗！
- 我覺得整個表演都是別開生面的享受。

1. 小女孩在台上彈奏出＿＿＿＿＿＿＿＿ 琴聲，台下的掌聲

   ＿＿＿＿＿＿＿＿。

2. 我們在 ＿＿＿＿＿＿＿＿ 的田野上散步，花香不時傳送，

   ＿＿＿＿＿＿＿＿，令人心曠神怡。

㉑《快樂王子》閱讀報告

學校：聖公會呂明才紀念小學
年級：小五
作者：陳可翹
批改者：徐月嬋老師

❓ 設題背景

　　學生在研讀《快樂王子》這個童話故事後，除了學會童話寫作的特色（要注重塑造人物形象、反映社會生活）外，還學會了怎樣分析一篇童話的結構，即故事情節要有完整的開端、發展、高潮和結局四個部分。

　　此習作的設計目的，是讓學生透過自選的童話故事，根據童話結構的四個部分（開端、發展、高潮、結局）來撮寫故事，並以故事內容、情節等作為基礎，抒發情感；或評鑑故事人物的行為，作為閱讀報告的感想。

✏️ 寫作練習背景

1. 簡明扼要地交代故事內容。
2. 閱讀故事後，寫出讀後感想，令人深思。
3. 寫作閱讀報告時，最重要的就是要清楚交代故事的開端、發展、高潮、結局，以及對故事內容的理解。另外，寫感想部分時，要留意能否根據故事內容、故事情節、故事人物的行為等作出對應的聯想，寫出讀後感想或體會。

《快樂王子》這個故事十分感人，故事是這樣的：

從前有一個王子塑像，他有一個貼滿金片的身體，一雙藍寶石眼睛，<u>手裏拿着一把鑲了紅寶石的寶劍。</u>

> 快樂王子塑像應該是手持寶劍的，他的寶劍劍柄上鑲了一顆紅寶石，小作者把他手上的寶劍寫成「手裏拿着一把鑲了紅寶石的劍」，與原文有出入。

他看見窮人的苦況，便請求本來打算要飛到北方過冬的小燕子幫忙，把自己身上珍貴的東西全都送給窮人。

> 小作者在第一段詳述王子塑像的外形，但並沒有說這個王子塑像就是快樂王子；第二段開首，小作者用「他」去代表快樂王子，不太合適。

嚴寒的冬天來了，小燕子因為趕不及飛去北方過冬而凍死了。市長和議員看見快樂王子變得難看，就下令把快樂王子的塑像拆掉。清潔工人把快樂王子破裂的心和小燕子的屍體扔到了垃圾堆裏。

> 第一段可補寫一句，說出這座王子塑像就是快樂王子；第二段的第一個「他」字，可改為「快樂王子」，讓讀者清楚知道故事人物的名字。

上帝叫天使找兩件最珍貴的東西，天使把快樂王子破裂的心和小燕子的屍體帶到上帝面前。上帝知

> 第一至四段大致上能根據《快樂王子》一書的內容，簡明扼要交代故事的開端（王子請小燕子

道<u>快樂王子</u>和小燕子幫助窮人的事，就把他們送進了天堂。

看完這個故事，我覺得<u>快樂王子</u>和小燕子十分偉大，他們為了幫助別人，即使犧牲自己也毫不介意。他們慷慨、不計較、可以無私心地和別人分享自己的珍貴東西，真令人敬佩。

雖然明白「施比受更為有福」這個道理，但我卻做不到。有時，同學看見我有些包裝精緻的糖果，會向我討一兩顆來吃，我會拒絕他們，心想：糖果是我的，我不想跟任何人分享。

看了《快樂王子》後，覺得這種想法很自私，我很慚愧。<u>快樂王子</u>可以和窮人分享自己身上所有珍貴的東西，而我卻連一顆糖果也不願意和同學分享。我要以<u>快樂王子</u>為榜樣，提醒自己不要斤斤計較，要與別人分享自己的東西，令身邊的人快樂。

幫忙)、發展(把珍貴東西送給窮人)、高潮(王子塑像被拆掉，王子破裂的心和小燕子的屍體扔到垃圾堆裏)、結局(他們進了天堂)。

小作者以<u>快樂王子</u>樂於分享的行為為基礎，寫出個人體會和讀後感想。在抒發個人情感時，她用了「施比受更為有福」來把自己和<u>快樂王子</u>的行為作對比，除了顯出<u>快樂王子</u>的偉大外，同時亦顯出自己的渺小，藉此提醒自己要以<u>快樂王子</u>為榜樣，要樂於分享，令身邊的人快樂。

總評及寫作建議

　　整體而言，以一個小五學生的程度來說，學生的文筆尚算流暢。學生能根據童話的結構來撮寫《快樂王子》整個故事的內容，詳畧得宜，表現出色。

　　學生能就童話故事中的教訓和道理作出適切的闡述，並能就自己的生活經驗、和朋友相處的瑣事作出自我反省及批評，這些都說明學生在閱讀圖書後曾認真思考，真正領畧到《快樂王子》的原作者編寫這個故事的寓意。

　　學生年紀小，閱歷有限，所以，她以「拒絕給同學糖果」為例，說出自己因未能做到「施比受更為有福」而感到慚愧，這例子有點小題大作。學生以饞嘴的同學為「受」的對象，意義不大；她忽畧了「受」的對象應該是真正需要幫忙的人。如果改以不肯捐款賑災、或不肯抽時間做義工等真正具助人意義的事情作為例子，相信更能引起讀者的共鳴。

詞彙百寶箱

塑像	破裂	提醒	分享	慚愧	自私
榜樣	斤斤計較	幫助	犧牲	珍貴	
拒絕	精緻	慷慨	拆掉	嚴寒	

精句收集屋

- 施比受更為有福。（《聖經》語錄）

- 上帝知道<u>快樂王子</u>和小燕子幫助窮人的事，就把他們送進了天堂。

- 他們為了幫助別人，即使犧牲自己也毫不介意。

寫作練習坊

1. 這所老房子是 ＿＿＿＿＿＿＿ 的歷史建築物，現在給

　　＿＿＿＿＿＿＿ 了，真可惜！

2. <u>大偉</u>為人比較 ＿＿＿＿＿＿＿ ，從不跟人 ＿＿＿＿＿＿＿ ，

　　所以朋友們都很喜歡他。

22 週記——農曆新年

學校：聖方濟各英文小學
年級：小六
作者：卜肇麟
批改者：阮椿堂老師

? 設題背景

　　週記寫作的重點，除了讓學生掌握實用文的基本格式外，還要學會掌握記述事情的重點，詳略有致，並能在記事之餘，抒發個人對所記之事的感受。

✏ 寫作練習背景

1. 順序法記敘自己在農曆新年期間的活動，宜選擇一些自己印象最深刻或感受最深刻的事情來寫。

2. 於敘事之中加插描寫和抒情，使文章內容更豐富。

3. 運用擬人與比喻等修辭手法，增加描述對象的吸引力，也增強了文章的可讀性。

☑ 習作正文

二月十七日至二月二十日

　　年三十的晚上，我們一家人在<u>荃灣廣場</u>吃過晚飯後，便步行至<u>沙</u>

✔ 點評與批改

● 週記開首格式正確。

● 開門見山，寫年宵市場，詳略有致。

嘴道運動場的年宵市場去買東西，
準備迎接新年。

運動場裏人山人海，有男有
女，有老有少，擠得水泄不通，熱
鬧極了。市場內售賣的鮮花品種很
多，例如：水仙、菊花、蘭花、桃
花、劍蘭、桔……令人目不暇給。
另外乾貨區出售的是玩具和日常用
品等物品。雖然當晚的天氣十分炎
熱，但沒有影響人們買東西的意
慾。

● 將運動場內人多熱鬧的
情況描寫得十分生動。

我們先繞年宵市場走了一周，
經過周詳的考慮後，終於買了一束
劍蘭和數枝菊花回家去。

年初一，我們一家人清早便起
牀，準備去向祖父拜年。因為當天
的天氣仍然很熱，而且烈日當空，
所以我破題兒在農曆新年穿着短袖
衣服去拜年。

到了祖父家，我向祖父拜年，
說些恭賀的說話，祝他身體健康、
龍馬精神。然後，他便給我一個紅
封包，我連忙說聲謝謝。

在新年裏，人們都愛說些吉祥的語句，取個好兆頭；又或是保留一些傳統習俗，我覺得也無可無不可。但若果太過迷信，比如大年初一不可掃地、洗頭，那似乎就有點不衛生；又或是硬性規定出門拜年的時間、講究衣服的顏色、如何加強運勢，就更有點兒那個了。

● 小作者表達了一些對新年習俗的見解，道理清楚明白，值得欣賞。

農曆年初二晚上，我們一家人往<u>尖沙咀文化中心</u>外觀賞<u>維多利亞港</u>的煙火激光匯演。由<u>尖沙咀望向中環</u>一帶，有十多幢大廈的天台均安裝了激光裝置，在短短的十幾分鐘，天空上有不同顏色的激光劃過，彷彿晚空中的彩虹。那些色彩斑斕的煙火，時如綻放的菊花，向人們展露笑容；時如耀目的流星雨，向四方八面流灑；再加上獨特的煙火效果和大廈原有的燈飾，把黑夜照耀得猶如白晝，場面十分壯觀。

● 這段寫看煙火的情景，運用了擬人與比喻等修辭手法，令看的人完全融入描寫的情景中。

年初三是俗稱的「赤口」，人們一般都不會去拜年，但我們卻乘

● 寫在外祖母家拜年，能選取重點，帶出濃厚的新年氣氛。

巴士到外祖母的家裏拜年。

乘巴士真快捷，一轉眼就到了元朗。因為有許多親友都在外祖母家，所以場面十分熱鬧，我還收到很多紅封包呢！

中午的時候，外祖母買了盆菜給大家吃，我們都吃得津津有味。吃飽後，我和姨母一起下棋，我們玩得十分高興，一直玩到黃昏，我才依依不捨地離開。

今年的農曆新年天氣比較炎熱，給我留下了深刻的印象。

總評及寫作建議

本文寫農曆新年中發生的事，優點是文筆流暢，不足處是內容嫌瑣碎，所記的事又大同小異，如初一及初三兩天都寫拜年時的情景，故可刪畧其中一節。不過能在敍事中包含寫景及抒情，也屬難得。

就取材方面，跟寫日記一樣，學生很容易跌入流水賬式的囹圄中，缺乏具意義或較深刻的敍述。其實，只要多留心身邊發生的事，

多作觀察，培養一個「敏感」的心，是不難找到好的題材的。此外，在抒發感情的同時，也可把引致這份感情產生的原因清楚地闡述，以加強文章的感染力。

破題兒	斑斕	水泄不通	目不暇給	綻放
彷彿	津津有味	深刻	猶如	觀賞
依依不捨	人山人海	壯觀	轉眼	快捷	展露

- 天空上有不同顏色的激光劃過，彷彿晚空中的彩虹。
- 那些色彩斑斕的煙火，時如綻放的菊花，向人們展露笑容；時如耀目的流星雨，向四方八面流灑。

1. 今天老師給我們講了一個故事，大家都聽得 _____，_____ 自己就是故事中的主角。

2. 爸爸帶我去<u>灣仔會議展覽中心</u>參觀<u>香港</u>書展，會場內 _____，場面十分 _____。

23 日記一則——年輕時的媽媽

學校：聖方濟各英文小學
年級：小六
作者：蕭泓而
批改者：阮椿堂老師

? 設題背景

　　天下間沒有不疼愛子女的父母，藉着這個常見的題材，讓學生以日記的形式來敍述母親對自己的付出和如海一般深的愛，表達自己對父母養育之恩的感激。

✎ 寫作練習背景

1. 配合自己的實際生活經驗，學習及掌握日記的寫作要素。

2. 運用人物說話，側面描寫人物的性格和特點，增加人物的立體感。

3. 於敍事中抒發個人感受，令讀者進一步了解作者的創作意圖。

二月十六日　　　　星期四　晴 ▸▸ 日記開首格式正確。

　　今天是大掃除的日子，我和家人一起收拾舊東西，把家裏的地方徹底清潔。當我正在收拾雜物房的時候，無意中發現了一本十分殘舊的書，上面寫着「相片集」三個大字。在好奇心的驅使下，我緩緩地翻開那本相簿，只見一張相片中有個青春美麗的少女。就在這時候，有人突然搶去我手上的相簿，我定睛一看，原來是媽媽。

● 首段記述因大掃除而發現相簿的經過，稍嫌累贅，例如：「無意中發現了一本十分殘舊的書，上面寫着『相片集』三個大字」，便可寫為「無意中發現了一本十分殘舊的相簿」。

　　我連忙追問相中的少女是誰。哪知原來是年輕時的媽媽。我二話不說，就請她告訴我她年輕時的情況。她笑道：「既然你真的想知，我也不妨告訴你……」

● 這是過渡段，發展下文。

　　「年輕時的我身材適中，五官端正，也不算得很醜。當時我的衣着不是很跟上潮流，是很傳統端莊的。閒時不是編織毛衣，就是畫畫國畫，陶醉於筆墨山水間，怡養性

● 這一段敘述年輕時母親的外貌及喜好，側寫了母親溫婉文靜的性格。

情。現在我房間掛着的一幅畫，便是我年青時的作品。」

「那時候，我還很喜歡旅行，所以很想成為一個導遊小姐，這樣就可以周遊列國，增廣見聞。不過，由於我沒甚麼口才，加上你外祖母的反對，她認為女孩子不該終日四處奔波，我只好打消了這個念頭。後來，就當上了『白衣天使』，為社會出一份力。而自從誕下了姐姐和你以後，為了照顧你們兩隻『小猴子』，我就沒外出工作了……」

「記得當你還是很年幼的時候，你十分頑皮，經常到處搗亂，氣得你姊姊時常追着你來打。每一次都要我為你出頭，才勉強平息她的怒火。一次，你病了，偏又耍性子，我費盡唇舌，哄上好半天，你才肯吃藥，肯多穿點衣服。」

● 寫小作者幼時的瑣事，反映出母親為照顧他們，付出了不少辛勞。

說到這裏，我紅着臉說：「哪有這回事？」媽媽笑着說：「好了，好了，不再取笑你就是。你和

105

姐姐這麼頑皮，我一手一腳養大你們，可不容易啊！幸好，你倆長大後，總算聽話；我也不像從前般忙，日子久了，養尊處優，便胖了不少，和以前相比，可謂判若兩人。」話說完後，媽媽便走開了。

　　媽媽為了養大我和姐姐，費盡了心血。她含辛茹苦，不求回報地照顧我們，但我們許多時候仍然那麼頑皮，事事逆她的意思，簡直是枉為人子！所謂「養兒一百歲，長憂九十九」，當我深切體會到為人父母的辛勞，更為自己昔日的頑劣而感到無比的羞慚和歉意。從今以後，我得做個乖孩子，用心學習，將來貢獻社會，以報答媽媽的辛勞。

● 此段從敘事轉入抒情，抒發對母親養育之恩。

　　這時，姊姊走過來。想起我倆小時候的調皮，我不禁笑了起來。她竟說：「小傢伙，笑甚麼？還不趕快過來幫忙？」

● 尾段以繼續大掃除作結，首尾呼應，寫來簡潔，讓人有完整的感覺。

 總評及寫作建議

　　這篇文章寫母親年輕時的點點滴滴，文筆流暢通順，也能夠抓住重點發揮，於敘事中加入抒情，內容豐富。

　　日記是應用文中一種最為常用的體裁。寫日記的好處有很多，既可以練習筆力，又可以作自我反省，發洩自己的情感，並且能培養做事有恆的良好態度。所以對於小學生來說，寫日記，實在是個應該培養的良好習慣。

　　此外，寫作時，如能注意以下幾點，相信必能寫出好的日記來：

　　一、寫發生在自己身邊的事，並加上自己的思考和情意。

　　二、文字要簡潔，忌長篇大論。

　　三、對所記的事要觀察入微，探究其蘊含的情意，以寫出更豐富、更細緻的內容。

　　四、態度要坦白、誠實，作真實的描寫。

詞彙百寶箱

驅使	歉意	費盡唇舌	判若兩人	養尊處優
含辛茹苦	辛勞	調皮	貢獻	報答　平息
頑劣	耍性子	勉強	周遊列國	怒火

- 養兒一百歲，長憂九十九。（熟語）
- 我深切體會到為人父母的辛勞，更為自己昔日的頑劣而感到無比的羞慚和歉意。
- 閒時不是編織毛衣，就是畫畫國畫，陶醉於筆墨山水間，怡養性情。

1. 媽媽 ＿＿＿＿＿＿＿＿ 地照顧我們，我們長大後，一定要好好 ＿＿＿＿＿＿＿＿ 她。

2. 妹妹令姐姐生氣了。無論她怎樣 ＿＿＿＿＿＿＿＿，還是未能平息姐姐的 ＿＿＿＿＿＿＿＿。

24 從塗改帶談起

> 學校：聖安多尼學校
> 年級：小五
> 作者：殷嘉駿
> 批改者：本校老師

? 設題背景

　　設本題要求同學用議論文寫一篇日記。日常生活中各種物件，都有它的用途，學生仔細觀察生活中的事物，或會發現當中隱含了深刻的道理。本題目透過一件小物品，讓學生從它的特點和功能，引出更深層次的意義。

✎ 寫作練習背景

1. 仔細觀察身邊的大小事物，運用事物的特點，說明道理。

2. 引用例子，說明論點，以增加文章的說服力。

3. 議論文是小學高年級的學生經常學習和處理的體裁，要讓人對文章留下深刻的印象，就要懂得運用具體事例，幫助說明自己的論點，這樣可以做到以理服人。而以日記的形式來寫議論文，更能寫出個人的內心感想。

三月十六日　　　　　　星期五　晴

今天下午，我回到家，開始做功課。做了一會兒，我寫錯了一個字，便從書包裏拿出塗改帶，把字塗改後重寫。這時，我忽然由塗改帶的功用悟出一個道理：塗改帶能夠幫助人改正寫錯了的字，但前提是人首先要認識到自己錯誤。

其實，我們做錯了事，就應自我反省，然後改過。如果可以的話，也應像塗改帶一樣，幫助其他做錯事的人改過。

記得從前有一個人，他因為犯了罪，所以被人關在牢中。坐牢的時候，他常常到圖書館自修，並且每天反省。十年後，他成了一個品學兼優的博士。

所以，我們做錯事後，若果能多作反省，並且加以改過，那是多麼重要啊！

● 日記開端的格式正確。

● 首段點出題旨，指出小作者從塗改帶能夠幫助人改正錯誤中悟出道理。

● 把物品的功能引申，說明做錯事就要改正，也要助人改正錯誤。

● 引用例子，說明人要從錯誤中反省。

● 末段重申論點，前後呼應。

總評及寫作建議

　　由生活經驗帶出事物的道理，從而陳述論點。本文亦能運用實例，支持自己的論點。

詞彙百寶箱

塗改	忽然	改正	反省	自修	品學兼優
功用	坐牢	博士	罪犯	改過自新	牢獄

精句收集屋

● 我們做錯了事，就應自我反省，然後改過。如果可以的話，也應像塗改帶一樣，幫助其他做錯事的人改過。

● 我們做錯事後，若果能多作反省，並且加以改過，那是多麼重要啊！

寫作練習坊

1. 姐姐不斷 ＿＿＿＿＿＿＿ ，希望成為一個博學多才的
　　＿＿＿＿＿＿＿ 。

2. 我們做錯事，就應該自我 ＿＿＿＿＿＿＿ ，然後把錯誤
　　＿＿＿＿＿＿＿ 過來。

25 談困難

學校：聖安多尼學校
年級：小六
作者：曾珞瑤
批改者：本校老師

❓ 設題背景

　　要求學生以議論文的式形寫一篇日記。小學生閱讀及寫作的體裁一般以記敍文較多，較少接觸議論文，故宜在小學階段及早增加學生寫作議論文的機會。

✏️ 寫作練習背景

1. 在首段點明題旨，並在文中清楚地提出自己的論點。

2. 提出論點後，運用適當的論據和正反例子，以支持論點，及增加文章的説服力。

3. 引用名人説話、謚語、俗語、成語等，令文章內容更豐富，同時增加文章的感染力。

 習作正文

 點評與批改

五月十一日　　　　星期五　小雨

● 日記開端的格式正確。

　　在日常生活中，我們會遇上各種各樣的困難。這些困難可能是學業上的退步，可能是生意上的失

● 開門見山，指出我們在日常生活中，會遇到各種不同的困難，亦不免驚惶失措。

敗，可能是人生中的逆境，可能是親情或友情上的考驗。這時候，我們可能會感到恐懼，感到徬徨無助。

「人生不如意事，十常八九。」在我們的生活中，不可能永遠一帆風順，萬事如意。能不能戰勝困難，便要看你用甚麼態度去看待它。

以一句人們耳熟能詳的熟語作引入，道出生活上遇到困難是十分平常的事。末句是轉折句，引領人們思考面對困難時自己所抱的態度。

那麼，我們應該抱着甚麼態度去面對困難呢？有些人即使遇上接踵而來的困難，或是出現天生的缺陷，也能從容面對。台灣女作家杏林子的遭遇，就是一個好例子。她在十二歲時，患上了「類風濕關節炎」，全身關節也被損壞。但她一心投身寫作，更創辦了「伊甸殘障福利基金會」，服務社羣。相反，有些人只是遇上了小小的挫折，便自怨自艾，輕易放棄，又或是用毒品來「操控」自己的情感，甚至於因輕生而結束生命。

以杏林子的例子作為論據，說明天生殘障的人，也可憑着堅定不移的精神，努力創一番事業，貢獻社會。

那麼，當我們遇上困難時，我們是否要退縮？當然不！我們不能向困難屈服，不能隨便看輕自己。因為人生有種種缺憾和不完美，我們才要不斷去超越，去創造，去提升自己，並且從種種發現與獲得中，享受生命一再更替的滿足與喜悅（杏林子）。只要我們用心發掘，必定能把我們的才能發揮得淋漓盡致。

● 使用設問句，並以肯定的語氣回答我們在遇上困難時，不應退縮。接着，再具體說明我們應該持守的態度。

輕生和吸毒真是有百害而無一利的，既會令家人、朋友擔心和傷心，又會觸犯法例。我想，人們知道各種後果後，也懂得如何面對困難吧！

● 說明兩種面對困難時不同的態度。

總評及寫作建議

文章論點明確，開始便提出我們在生活上所遇到的種種困難，繼而運用一句我們耳熟能詳的熟語，引申出面對困難時，兩種不同的態度，並且能引用著名人物的生活例子，加強文章的說服力。小作者以杏林子作為正面例子，接着再指出有些人選擇逃避困難，甚至輕生，作為反面例子。小作者共運用了兩個例子，引證自己的觀點，具體而深刻。

接著，再具體地說明我們應該持守的態度，鋪陳清楚，條理分明。由此，歸納出小作者的觀點。本文末段帶有勸說的成分，既能說之以理，亦能以情動人。

百害而無一利	滿足	屈服	發揮	喜悅	創造
微不足道	缺憾	自怨自艾	發掘	逆境	
考驗	恐懼	淋漓盡致	徬徨	超越	

- 人生不如意事，十常八九。（熟語）
- 我們不能向困難屈服，不能隨便看輕自己，也不能認為自己是微不足道的。
- 只要我們用心發掘，必定能把我們的才能發揮得淋漓盡致。

![寫作練習坊]

1. 叔叔經歷了無數的 ＿＿＿＿＿＿＿＿＿，終於在國際設計比賽中奪得冠軍。

2. 我們應該 ＿＿＿＿＿＿＿＿ 自己的潛能。

26 談困難

學校：聖安多尼學校
年級：小六
作者：盧俊彥
批改者：本校老師

? 設題背景

　　學生在日常生活中或多或少都會遇上困難，設定本題目的目的，是讓學生以日記形式來論述困難對人們的意義。

✏ 寫作練習背景

1. 首段要開門見山，點明題旨，讓讀者清楚知道作者的立場。

2. 運用對比法，先說出事情的正面，然後再說出負面，使論點更清晰。

3. 議論文中的論據是十分重要的，學生可運用知名人士作例子，增強文章說服力。

 習作正文　　　　　　 點評與批改

五月十日　　　　　星期四　晴　　　● 日記開首的格式正確。

　　我們日常生活中會遇到不少困難。大多數小孩子會為學業及交友的事煩惱，而成年人的困難莫過於　　　　　　● 開門見山，點明題旨，說出遇上困難是日常生活中常見的事情。

在金錢、愛情和家庭上發生問題。所以無論甚麼人，都常常會遇到困難。

那麼，我們應該怎樣面對困難呢？其實困難是一種磨練，我們只要積極面對，從錯誤中學習，勇於嘗試，成功之門就會在面前打開。相反，只懂得逃避的人，不但不能解決困難，反而會為自己帶來惡果，因為他們經不起挫折和磨練。有些人還以為自己走投無路，動輒輕生。如果他們肯與師長或朋友多作商量，儘量解決，問題一定能夠迎刃而解的。

指出面對困難的態度，運用對比法來說明面對困難和逃避困難的後果。

其實有很多人都有自己克服困難的辦法。就好像諾貝爾和平獎得主<u>德蘭修女</u>，她耗盡畢生的精力，為低下階層的人民服務，受到世人的尊崇和愛戴。雖然她時常遇到經濟上的困難，但憑着她堅信天主的態度及堅毅無比的意志力，最終克服困難，得到不少人的支持和資助。

引用知名人士作例子，進一步說明人應該直接面對困難。

建築大師貝聿銘也是一個非常好的例子。在他設計過的著名建築物當中，最受爭議的，就是巴黎羅浮宮前的透明金字塔。當時，他甚至受到一些知名人士譏諷和辱罵，但他卻能排除萬難。最後，法國政府在眾多設計中，還是採用了他的設計。當金字塔建成後，它立即成為巴黎的象徵、巴黎人的驕傲，也是我們中國人的光榮。人們對這個設計新穎又構思巧妙的羅浮宮金字塔讚不絕口，法國總統還因此而頒發了榮譽勳章給貝聿銘。

古語有云「只要有恆心，鐵杵磨成針」，這句話說得一點也沒錯。只要我們能夠有恆心克服一切困難，甚麼困難也難不倒我們呢！

● 引用諺語作結，文章前後呼應。

總評及寫作建議

文章先提出面對困難時，我們應有的態度，繼而藉着兩個例子顯示解決的辦法，帶領讀者逐步進入作者的觀點去，很有說服力。文章起首點題，尾段歸納亦一針見血，點出小作者觀點。兩者都處理得很

好。如果引述兩個例子後，能夠分別點出兩者有恆心之處，論說將會更清晰。

詞彙百寶箱

恆心	譏諷	耗盡	磨練	克服
辱罵	尊崇	煩惱	新穎	排除萬難
愛戴	迎刃而解	巧妙	驕傲	堅毅　嘗試

精句收集屋

● 只要有恆心，鐵杵磨成針。（諺語）

● 只要我們能夠有恆心地克服一切困難，甚麼困難也難不倒我們呢！

● 憑着她堅信天主的態度及堅毅無比的意志力，她最終克服了困難。

寫作練習坊

1. 當我們遇到困難時，不要逃避，應該 ＿＿＿＿＿＿＿＿ 找出解決辦法。

2. 小方在奧運會上摘下一面金牌，實在是香港人的 ＿＿＿＿＿＿＿ 。

 **談困難**

學校：聖安多尼學校
年級：小五
作者：劉旭和
批改者：本校老師

 **設題背景**

　　這是本校老師要求學生寫的一篇日記。小作者用日記形式寫下了這篇議論文。議論需具很強邏輯思維，故此學生可通過討論切身問題，進而組織思維，再轉化為文字表達。「困難」是每位學生必定面對過的問題，以之為主題更有助於學生思考。

 **寫作練習背景**

1. 開門見山，定義清晰，題旨立見。

2. 運用個人具體經驗作例子，以支持自己的論點。

3. 文章的結構緊密有致，段落間互相連貫，思路清晰，讀來自然令人印象深刻。

 **習作正文**

四月十八日　　　　星期三　多雲

　　困難——是我們做事時遇到的阻礙，亦是我們邁向成功之道的障礙。人的一生，不可能永遠一帆風順，難免會遇到失敗和挫折。我們

點評與批改

● 日記開首的格式正確。

● 以開門見山的手法，清楚為「困難」下了定義，為文章確立了主旨。

面對困難時的態度，直接影響事情的成敗。

遇到困難時，我們會感到徬徨無助，甚至感到非常苦惱，不知所措。如果我們能夠憑着不屈不撓的精神，勇於面對困難，不向困難低頭，甚至接受困難的挑戰，遇強越強，一定會得到最終的成功。但如果我們選擇逃避、放棄，就是懦夫的行為，永遠嚐不到成功的果實。

● 通過正反的議論，將「面對困難」和「逃避困難」的兩種不同的處理手法闡述出來，加強文章的說服力。

我以前是一個對任何事都是虎頭蛇尾的人，只要遇到小小困難，就會不戰而降，臨陣退縮，最後，當然是一事無成。後來，媽媽告訴我「失敗乃成功之母」的道理，我明白了遇到挫折，面臨失敗，只要堅持下去，永不放棄，就可以成功。俗語有云：「只要有恆心，鐵杵磨成針。」

● 小作者以個人的經驗，強化文章的感染力；小作者更引用諺語，以簡潔明快的筆法，為論點提供了有力的支持。

由此可見，迴避困難不是解決問題的好辦法。只要意志堅定，一定能成功，因為「皇天不負有心人」呀！

● 點出全文的要旨，並與第一段前後呼應。

總評及寫作建議

　　文章立意清晰，開首一段能確立文章討論的範圍，清楚指出我們每個人都有困難，問題是如何面對。短短數句強而有力，讓讀者很快便能進入小作者的思路中。及後數段的闡述更見小作者佈局的緊密。此外，小作者運用語例增強文章的説服力。文章中的論點、論證和論據都十分鮮明，可見小作者已初步掌握了基本的議論結構。

詞彙百寶箱

不戰而降	臨陣退縮	邁向	迴避	一事無成	
不屈不撓	苦惱	挫折	阻礙	障礙	恆心
堅持	放棄	彷徨	堅定	解決	

精句收集屋

- 失敗乃成功之母。（諺語）

- 只要意志堅定，一定能成功。

- 只要堅持下去，永不放棄，就可以成功。

1. 祖母常常鼓勵我們做事要有 _____ 的意志，這樣才能
   成功。

2. 雖然姐姐經常遇到困難，但她從不 _____，終於考到
   第一名。

28 日記一則——大澳之行

學校：德望學校（小學部）	
年級：小六	
作者：林伽恩	
批改者：陳玉英老師	

？ 設題背景

　　到戶外參觀、旅遊是學生已有的經驗，是次寫作要求學生以日記的形式記一次旅遊時的所見、所聞、所感。

✎ 寫作練習背景

1. 掌握日記寫作的正確格式，如日期、時間、地點等，並選擇令人印象深刻的事情來記述和描寫。

2. 在佈局謀篇上，文章組織要緊密，詳畧有致，平均分佈內容和段落。

3. 在敍事之中，抒發自己的情感，令人回味再三。

習作正文	點評與批改
二月八日　　　　　星期天　寒	● 日記開首的格式正確。
一天清早，一股寒流湧進我的房間，有如一盆冷水潑在身上，立時喚醒了我。我立刻執拾行裝，準備出發到碼頭跟朋友會合。	● 清楚交代事件的時間、地點、人物。

124

到達碼頭後，我們浩浩蕩蕩地登上渡輪，向目的地——大澳進發。

大澳是位於大嶼山西北面的小漁港，有「香港威尼斯」的美譽。抵達目的地後，我們先經過永安街，那裏有許多歷史悠久的店舖，店內主要售賣當地的土產——鹹魚、蝦膏、蝦醬等。街角附近亦有不少流動攤檔售賣地道小食——「雞屎藤」、「艾達」茶果、鳳凰山天葵茶、麥芽糖餅乾等。我們買了幾個茶果，美味可口，令人回味。

● 以步移法，描寫所到的地方，首站是永安街，並畧寫當地的土產、小食。

離開永安街，我們過了橫水大橋，前往大澳島的大澳街。那裏的居民說以前到大澳島要坐「橫水渡」——一種特製的木船，由船夫拉着連結兩岸的粗繩，將船滑行到對岸，前後只需幾分鐘。不過由於社會進步，橫水渡已由吊橋替代，現在來往兩岸，只需步行便可過河了。

● 第二站是大澳街，並詳細介紹具水鄉特色的橫水渡。

跟着，我們乘坐觀光船欣賞兩岸的風光，我們看見一間間用木板作支柱的棚屋。棚屋密密麻麻的建於海面兩旁，充滿漁鄉風情。

- 棚屋是<u>大澳</u>最具特色的建築物。宜多加着墨。

上岸後，我們到附近的酒家吃午飯。老闆推介了幾道地道小菜：蝦醬炒通菜、薑絲清蒸魚、香煎墨魚餅、鹹魚雞粒炒飯等。我們都吃得津津有味。

飯後，我們在島上觀光。我發覺島上居民的生活簡樸、悠閒，他們有些圍着「打麻雀」消磨時間，有些圍在一起高談闊論，有些則清閒地看舖等等，這些情形都與繁忙、喧鬧的城市人截然不同。

- 描寫島上居民悠閒的生活，令人嚮往。

到了黃昏，我們決定乘車到海灘觀賞日落。我期待已久的美景終於出現了，那紅彤彤的太陽呈現在眼前，就好像伸手可觸，令我不禁讚歎造物主的神奇。

- 觀賞日落，令小作者感到造物主的神奇，亦屬合理。

在這次的行程中，我深深體會「安貧亦樂」的意思。<u>大澳</u>居民並沒有豐富的物質享受，但他們卻甘

- 是次行程讓小作者體會「安貧亦樂」的意思及反省自己「身在福中不知福」，頗具情味。

於平淡，過着悠然自得的生活。相反，生活富足的我，卻經常埋怨，真是「身在福中不知福」啊！

 總評及寫作建議

　　本文記敍小作者大澳之行的所見、所聞、所感，內容切合題目要求。在刻畫大澳風光時，小作者能在大澳芸芸場景之中，選取當中最具代表性的幾個加以集中描寫，一幕幕水鄉風貌呈現眼前，充分顯示出小作者細緻的觀察力。

　　在寫作手法上，小作者運用了步移法，描寫所到的地方及自己的活動：永安街→橫水大橋→大澳街→船上觀賞棚屋→酒家午膳→島上觀光→海灘觀賞日落，不但把自己在大澳一日的行程交代清晰，更令全文層次分明，條理清晰。最難能可貴的是小作者能透過這次旅程，帶出對「安貧亦樂」這種思想的一些反思，實為文章最成功之處。

　　文章的文句通順，詞彙亦十分豐富，雖然在描寫時沒有華麗的辭藻鋪陳，但卻自然真切，道出大澳那份古樸簡單的美。

🗃️ 詞彙百寶箱

埋怨	悠閒	繁忙	呈現	悠然自得	
高談闊論	喧鬧	悠久	紅彤彤	清閒	浩浩蕩蕩
替代	津津有味	簡樸	截然不同	喚醒	

 精句收集屋

- 身在福中不知福。

- <u>大澳</u>居民並沒有豐富的物質享受，但他們卻甘於平淡，過着悠然自得的生活。

- 棚屋密密麻麻的建於海面兩旁，充滿漁鄉風情。

 寫作練習坊

1. 我和同學們在學校的小花園 ＿＿＿＿＿＿＿ 地散步。

2. 這座立於 ＿＿＿＿＿＿＿ 鬧市的建築物，聽説具有很

＿＿＿＿＿＿＿ 的歷史了。

29 給黃美晴醫生的信

學校：德望學校（小學部）
年級：小五
作者：陳安彤
批改者：陳玉英老師

？ 設題背景

　　書信是日常生活中常用的一種表情達意的通訊方法。是次寫作以「給××為題」，目的是訓練學生運用適當的語調及筆觸，對某人表達敬意。

✐ 寫作練習背景

1. 掌握書信的正確格式，例如上款、下款、日期、問候語、稱謂語、正文等等。

2. 書信中的措辭要恰當，語言要符合收信人和寫信人的身份和關係。

3. 要在信中表達自己的思想感情，包括寫信的目的和期望等。

 習作正文

 點評與批改

親愛的<u>黃美晴醫生</u>：

　　您好嗎？很久不見了，最近工作一定很忙了。還記得我嗎？我是在二月十七日（年初一）那天在醫院裏大叫大嚷的那個女孩子。

● 書信稱謂語和問候語恰當。

那天早上，我剛睡醒，正想換上新衣服向爸爸媽媽拜年時，忽然感到肚子隱隱作痛。初時我以為是自己昨天吃團年飯時吃得太多所致，心想休息一會便沒事了。我躺在牀上輾轉反側，五分鐘過了、十分鐘也過了，肚子的痛楚不但沒有減退，還愈來愈屬害。於是我高聲大叫：「媽媽、媽媽，我的肚子很痛呀！」

媽媽看見我痛得冷汗直冒、嘴唇發白，也被我嚇倒了。爸爸立刻召救護車，送我到醫院去。過了一會兒，終於到達醫院的急症室。護士替我探熱，又替我量血壓，跟着就帶我到診療室。一進去，就看見一個長髮披肩、身材瘦削的中年婦人，身穿白袍，衣襟上有一個名牌，上面寫着「黃美晴醫生」，那就是您。我呆滯地站在一旁，忐忑不安地望着您。那時您臉帶笑容地說：「小朋友，請坐。你有甚麼不舒服？」我說：「我的肚子很痛呀！」您用手輕按我的肚子，小心

- 用倒敘法入題，並用在醫院裏大叫大嚷的一幕作主線。寥寥數句交代自己患病的經過，清晰直接，詳畧的安排恰當。

- 描述入院前及在急症室的情況，有條不紊。透過外貌描寫「長髮披肩，身材瘦削的中年婦人」，讓讀者對黃醫生有粗畧的印象。

- 行動描寫：「您用手輕按我的肚子，小心翼翼地替我檢查。」可見黃醫生的細心。

翼翼地替我檢查。不消一會，您便
診斷出我患上盲腸炎，還說要立即
動手術。我一聽見要動手術，心裏
就非常害怕，不禁又哭又叫地掙扎
起來，想逃出急症室。

　　我的哭叫聲傳遍急症室的每一
個角落。房裏的醫務人員都皺着
眉，不耐煩地望着我。您用紙巾輕
輕替我抹去眼眶的淚水，溫柔地
說：「小朋友，別害怕！這只是一
個小手術。如果你現在乖乖的動手
術，肚子便不會再痛了，而且過幾
天便可以回家，和家人慶祝新年。
我會很小心的替你動手術，傷口不
會很痛，而且疤痕也不會很顯
眼。」您說話時的態度誠懇、親
切，給了我不少的信心。我咬一咬
牙，便點頭答應了。

　　手術後，我的肚子不再痛了，
傷口只有輕微的痛楚。我揉揉半睡
半醒的眼睛，又看見您那慈祥、溫
柔的笑容。您說一切都很順利，兩
天後便可以回家了。離開病房前，

● 小作者以對比手法突顯
黃醫生的溫柔、體貼，
說明她是個細心和關懷
病人的好醫生。

您還叮囑我要好好休息，不要吃太
多肥膩的食物。

　　黃醫生，謝謝您！謝謝您悉心
的照顧，現在我已完全康復了。有
您這樣專業和關懷病人的醫生，真
是我們香港市民的福氣啊！

● 抒發自己對黃醫生的感
激之情。

　　祝您
生活愉快！

　　　　　　　一個感謝您的人
　　　　　　　　張小敏　敬上
　　　　　　二零零七年三月三日

● 書信下款格式恰當

　　本文小作者透過一封書信來表達自己對黃醫生的謝意。文章以倒
敘法記敘自己患病的經過及到急症室求診的情況，又能抓住信中的主
角——黃醫生的言行進行描寫：「房裏的醫務人員都皺着眉，不耐煩
地望着我。您用紙巾輕輕替我抹去眼眶的淚水」、「離開病房前，您
還叮囑我要好好休息」。在整封書信之中，小作者集中描述黃醫生對
自己的關懷及敬業的精神，由多方面的行為描述帶出一個值得表揚的
好醫生，亦達到寫這封書信的目的。

　　文章選材恰當，條理清晰，文句通順，但故事過於平凡，並未顯出小作者對黃醫生的真摯情感。小作者應豐富其內容，加入更強烈的對比手法，或多描畫事件中人物的心理狀況，以故事形式交代，相信更能引起讀者共鳴。

詞彙百寶箱

關懷	痛楚	半睡半醒	溫柔	慈祥	掙扎
疤痕	誠懇	冷汗直冒	叮囑	小心翼翼	
輾轉反側	嘴唇發白	忐忑不安	親切	厲害	

精句收集屋

- 媽媽看見我痛得冷汗直冒、嘴唇發白，也被我嚇倒了。

- 您說話時的態度誠懇、親切，給了我不少的信心。

- 有您這樣專業和關懷病人的醫生，真是我們香港市民的福氣啊！

寫作練習坊

1. 一隻受傷的小鳥從樹上掉下來，我 ＿＿＿＿＿＿＿ 地用手帕包裹着牠，把牠帶回家去。

2. ＿＿＿＿＿＿＿＿ 的祖母要回鄉下去，離開前還 ＿＿＿＿＿＿＿＿ 我要努力讀書。

30 週記一則——

我的難忘暑假

學校：德望學校（小學部）
年級：小六
作者：關穎琦
批改者：陳玉英老師

？ 設題背景

　　本題寫作乃配合單元教學《妹妹先長高了》，要求學生以週記的形式寫一件難忘的事。

寫作練習背景

1. 掌握週記的正確格式和技巧，選取一週中較特別的事情來記述。

2. 選材恰當，記述時要詳畧得宜，避免過於累贅或變成記流水賬的敍述。記敍時，要保持思路清晰，條理分明。

3. 運用記敍文的寫作技巧，包括順敍法、倒敍法來進行寫作，增加文章的色彩。

二零零四年七月二十一日至
七月二十七日

　　星期二，我參加了學校舉辦的
「外展訓練」，從中領悟到不少人
生道理。

　　「外展訓練」五天的課程中，
有各式各樣的活動，例如攀山、攀
石、划獨木舟、爬繩網等等。每一
種活動對我來說都是新奇有趣的。
而其中使我畢生難忘的，要算是第
四天早上的「跳海」活動了。

　　還記得那天大清早，我們吃過
早餐，便穿上鮮橙色的救生衣，好像
一隊充滿活力的小士兵一樣，魚貫向
我們的戰場──大海進發。從碼頭遠
眺，我看到在陽光下閃爍的大海。大
海，對我來說，是一個寬闊的、深不
可測的、令人不寒而慄的戰場。在這
個戰場前，我深深感受到人類在大自
然中的渺小。

- 週記開首格式正確。

- 首段指出在「外展訓練」
中領悟到不少人生道
理，不但可以一語道出
全文的主旨，亦可呼應
末段做任何事也要勇於
嘗試才會成功的主題。

- 在眾多活動中，選取令
「我」畢生難忘的「跳海」
活動作詳寫，取材妥
切。

- 利用比喻及排比寫出大
海給「我」的印象，以
大海比喻戰場，具體表
現出「我」對大海的恐
懼，為下段營造緊張的
氣氛。惜段落較短，以
致氣氛營造未算成功，
宜多加着墨，以帶出本
文之高潮。

我們跟隨着教練來到浮台上，教練吩咐我們從十米高的跳台跳下來。同學們一個一個完成了「任務」。最後輪到我了。我站在高台上，像一個被判死刑的犯人，等待着死神的來臨。我感到全身都在顫抖，心裏更浮起了放棄的念頭。但教練一直在旁鼓勵我，告訴我不可未嘗試便放棄。我聽了她的話，想了一想，深呼吸了幾下，閉上眼睛，就不顧一切地跳下去。最後我終於可以完成「任務」，那種興奮之情，真非筆墨所能形容。

這次經驗告訴我，凡事都不應在嘗試前說「不」，要勇於嘗試，正如古語說：「自古成功在嘗試。」這句話將會長留在我的心中，使我一生受用。

● 描寫跳海前的心理變化：小作者先以「像一個被判死刑的犯人，等待着死神的來臨」具體鮮明地描繪出「我」的恐懼及無奈；及後描寫完成「任務」的心情，惟只用「興奮之情，真非筆墨所能形容」寥寥數字作結，令人有意猶未盡之感。

● 小作者可考慮加強描寫完成「任務」後興奮的心情，一方面能與跳海前緊張心情作對比，亦加強下段說理的說服力，帶出「嘗試」的重要性。

● 道出「自古成功在嘗試」的中心思想，與首段呼應。本文如能以抒情筆觸作結，效果或會更理想。

　　人生的許多道理，人們只有通過親身的體會才能真正地徹悟。相信本文的小作者也會同意這樣的說法。本文記敍小作者參加外展訓練的經歷，其中「跳海」活動，更令小作者畢生難忘。小作者在第三段，利用比喻及排比等修辭先寫出大海給自己的印象。小作者以大海比喻戰場，具體表現出他對大海的恐懼，亦為「跳海」活動營造緊張的氣氛。小作者描寫跳海前的心理變化，亦甚出色，用「像一個被判死刑的犯人，等待着死神的來臨」具體鮮明地表現出小作者的恐懼及無奈。惟寫「跳海」後的心情，只用「興奮之情，真非筆墨所能形容」寥寥數字作結，令人有意猶未盡之感，亦是本文美中不足之處。

　　本文取材妥切，佈局嚴謹，前後能連貫而下，段與段之間也能緊密連接，行文尚稱流暢，亦能透過一次難忘的經歷，道出正確的信息：「自古成功在嘗試」，使文章甚具啟發性。

顫抖	魚貫地	遠眺	閃爍	各式各樣
新奇	鼓勵	有趣	不顧一切	畢生難忘
任務	吩咐	深不可測	不寒而慄	嘗試　興奮

- 自古成功在嘗試。

- 大海，對我來說，是一個寬闊的、深不可測的、令人不寒而慄的戰場。在這個戰場前，我深深感受到人類在大自然中的渺小。

1. 在老師的 ＿＿＿＿＿＿＿＿ 之下，我們努力地克服困難，終於完成了 ＿＿＿＿＿＿＿＿ 。

2. 從這 ＿＿＿＿＿＿＿ 黃山的美景，實在令人 ＿＿＿＿＿＿＿＿ 。

銘謝

《作文教室》編輯部由衷感謝下述　小學
之鼎力支持和誠意配合本叢書的出版

協恩中學附屬小學

油蔴地天主教小學

油蔴地天主教小學（海泓道）

保良局錦泰小學

香港培正小學

番禺會所華仁小學

聖公會呂明才紀念小學

聖方濟各英文小學

聖安多尼學校

德望學校（小學部）

（排名不分先後，以學校名字筆畫數為順序）